AF249541

L'INTRIGVE

DE L'EMPRISONEMENT

& de l'eſlargiſſement de Meſſieurs les Princes.

Ou les curieux verront, dans vne perpetuelle allegorie de noms & d'hiſtoire dont on peut voir la clef aux deux derniers cahiers ; les cauſes de cet empriſonnement & de cet eſlargiſſement, auec les ſoupleſſes qu'on à fait ioüer pour faire reüſſir l'vn & l'autre. le tout auec vne methode ſi agreable que la lecture n'en deut eſtre que fort charmante à ceux qui voudront conſiderer toutes les poſtures theatrales du Mazarin : c'eſt a dire du faquin d'Eſtat, que ie produis dans le theatre ſous le titre de Pamphage.

M. DC. LII.

A
MONSEIGNEVR
LE
PRINCE.

MONSEIGNEVR.

Si voſtre Alteſſe eut eſté capable de craindre vn emprisonnement, la Regente & ſon Miniſtre n'euſſent iamais eſté aſſez hardis pour l'entreprendre. Voſtre generoſité fut le motif de leur lacheté; Voſtre reſolution à ne rien aprehender de leur part, les porta à tout oſer contre V. A, & parce qu'ils ſçauoient bien que vous ne vous ſentiez complice que du crime de les voir obligés, ils crurent qu'ils pouuoient d'autant plus aſſeurement ſe defaire de V. A. que moins ils preiugeoient que vous y porteriez de reſiſtance, parce que vous n'eſtiez coupable que de les auoir genereuſement ſeruis. Ce crime pretendu les eut fait idolatrer apres vous, ſi leur paſſion n'eut eſté leur Dieu. Et puis

qu'ils ne pouuoient vous condamner d'auoir mal fait
qu'en aduoüant tacitement qu'ils n'auoient point merité voftre faueur, ils deuoient fçauoir qu'en vous pour-
fuiuant comme vn coupable, ils fe faifoient eux mefme leur procez. Cette action m'a paru fi noire que ie
l'ay iugée digne d'vne cataftrophe de theatre, où i'ay
cru que Voftre Alteffe deuoit fe taire, pour faire
indiquer par fon filence l'effronterie d'vn fi lache attentat : La tragedie n'eft pas de ma profeffion : Mais
Voftre Alteffe aura la bonté de regarder vn coup d'ef-
fay auec indulgence ; & de confiderer en cet ouurage
vn Orateur trauefty en Poëte par la neceffité de fon
deffein. C'eft,

MONSEIGNEVR.

De Voftre Alteffe.

Le tres humble tres obeiffant
& tres fidelle feruiteur,
H. M. D. M. A.

LES ACTEVRS.

ANDRIGENE. Reyne.

PHILARCHIE, Intendante Souueraine de la maifon d'Antrigene.

THEMIDE Intendante de la Iuftice d'Andrigene.

PROTARQVE, Lieutenant General des Eftats
Generaux d'Andrigene.

PHILIDEME, } A pare mét amys, en effet ennemys de
MYSTARQVE, } Pampage, confidents de Protarque.

PAMPHAGE, Fauory de Philarchie.

MONOTALME, } Confidents de Pampage.
TRASSIDVLE. }

DISANGVEL, } Deux Seigneurs de la Cour.
EVANGEL }

Vn Gentil-homme.
vn Page.

*La Scene eft à Megalophe dans la maifon Royalle
d'Andrigene, pour l'explication de ces mots, voyez
la Clef à la fin.*

LA
BALANCE
D'ESTAT
TRAGICOMEDIE.

ACTE PREMIER.
SCENE PREMIERE.

PAMPHAGE, MONOFTHALAME, TRASSIDVLE,

PAMPHAGE.

Rassidule il est vray, tes bras ont raffermy
Mon pouuoir ebranlé par ce grand ennemy:
Ce triple Gerion qui rendoit ma puissance,
Dependante en effet, maistresse en apparence;
Doit reconnoistre enfin, qu'il n'est iamais d'orgueil
Qui ne puisse échoüer contre vn dernier escüeil;
Et que l'ambition des plus illustres testes,
Ne peut iamais monter au dessus des tempestes.

A

Quelque eleué qu'on ſoit nos deſtins enuieux,
Nous ont touſiours ſoûmis à la hauteur des Cieux ;
Et quelque grand deſſein que nous puiſſions reſoudre
Nous demeurons touſiours au deſſous de la foudre :
Cét orgueilleux croyoit apres tant de combats,
Qu'il ſeroit à l'abry du ſort & du trépas :
Et ſon ambition ſecondant ſon caprice,
Ne luy laiſſoit rien voir ſi haut que Pantonice.
Sur cette paſſion qui flattant ſes ſouhaits,
Permettoit à ſon cœur toute ſorte d'excez ;
Et quile ſeduiſant d'vne fauſſe croyance,
L'emportoit tous les iours à brauer ma puiſſance ;
Il vouloit me borner, iuſqu'à ne ſouffrir pas
Que ce qu'ordoneroit ſon caprice & ſes bras ;
Me reduiſant ainſi moins en vaſſal qu'en maiſtre,
De n'auoir de credit que pour le luy ſoûmetre.
Ce pouuoir inſolent qu'il vſurpoit ſur moy,
Iuſqu'à me maiſtrizer & me donner la loy ;
M'a fait enfin goûter qu'il eſtoit neceſſaire,
Que ma puiſſance fut maiſtreſſe ou tributaire ;
Et que pour cét effet il falloit hazarder,
Le coup qui me feroit ſeruir ou commander.
Le ſuccez a fait voir en perdant l'inuincible
Qu'il n'eſt point de grandeur qui ſoit inacceſſible ;
Et qu'ayant peu monter iuſques au plus haut lieu,

Pour y faire éclipfer l'éclat d'vn demy-Dieu:
Il faut que tout pouuoir quelque grand qu'il puiffe eftre
Succombe deformais & me reuere en maiftre.

TRASSIDVLE.

Ie crains pluftoft, Seigneur, que Pantonice à bas
Ne vous mette bien toft tous les fiens fur les bras:
Comme il n'a fuccombé que fur cette croyance,
Qu'on n'ozeroit iamais attaquer fa puiffance,
Et qu'il eftoit trop grand pour ployer fous les coups.
De quiconque en feroit l'objet de fon courroux;
L'honneur de ce fuccez n'eft deu qu'au peu d'eftime,
Qu'il faifoit du pouuoir dont il eft la victime:
C'eft en vous dédaignant qu'il vous a fait vainqueur,
Comme il vous eut vaincu s'il eut eu moins de cœur.
Ainfi vous ne pouuez infcrire cette gloire,
Qu'au mépris qu'il a fait de gaigner la Victoire;
Et l'éclat en reuient moins à voftre vertu,
Qu'au dédain qu'il faifoit d'en eftre combatu.
De vray fi fon efprit eût permis à fa crainte,
De donner à fon cœur quelque forte d'atteinte,
L'euffiez vous attaqué s'il eut feulement fçeu,
L'ambitieux deffein que vous auiez conçeu:
Ou fi de fes amys le confeil politique
N'eut trouué dans fon ame vn cœur trop heroique.

Cette reflection qu'il ne nous est soûmis :
Que parce qu'il n'a peu nous craindre en ennemis;
Me fait apprehender que l'Estat d'Andrigene :
Ne nous fasse pour luy les objets de sa haine;
Et qu'en nous asseurant de son plus ferme apuy,
Nous n'ayons esbranlé tout le reste pour luy.

PAMPHAGE.

Tu consideres donc ce coup de ma poursuite,
Comme l'heureux effet d'vne aueugle conduite,
Souuiens toy que i'ay sçeu prudemment concerter
L'affaire que tes bras viennent d'executer;
Et que ma passion n'a point esté la guide,
Du dessein resolu pour perdre cét Alcide;
Ie sçay que tout l'Estat eût fremy contre moy,
Si ie l'eusse entrepris sans en prendre la loy.
Ainsi i'ay fait agir toute ma politique,
Afin de preuenir cette haine publique.
Pour me faciliter vn si grand attentat,
I'ay porté Pantonice à choquer tout l'Estat :
Ie l'ay fait consentir à la gloire fatalle,
D'attaquer auec moy la Ville Capitalle;
Et par cette action indigne de ses bras,
I'ay flétry tout l'honneur de ses autres combats:
Reduisant son destin au mal-heur necessaire,

Ou

Ou de fe hazarder, ou bien de mè complaire,
Puis que n'eftant tombé dans la haine d'autruy
Que pour me foûtenir, en me feruant d'apuy,
Il ne pouuoit perir qu'en choquant ma puiffance,
Ny fe mettre à l'abry qu'auec fa complaifance :
Tous les peuples choquez pour m'auoir fouftenu,
Ne le regardoient plus que comme vn inconnu,
Qui s'eftant oublié de ce qu'il deuoit eftre,
Ne les auoit forcez, que pour me rendre maiftre,
Et par mefme raifon les auoit difpenfés
De rendre leurs deuoirs à fes bien-faits paffés.

MONOFTHALME.

Si le peuple ne hait Pantonice & fes freres
Que pour auoir ferui de baze à vos miferes ;
Vous en eftes l'obiet, & cette auerfion,
Ne retombe fur luy que par reflection.
Ainfi ie me crains fort que cette iniufte ioye
Qu'il tefmoigne à l'abord lors qu'il le voit en proye ;
Ne reprenne les traits d'vne iufte pitié
Par les reffentiments de fa vieille amitié ;
Et qu'ayant releué ce Prince de fa chute
Il ne vous faffe enfin de tous fes traits la butte.
Il fera bien rauy de le voir mal traité
Et de le voir puny pour vous auoir porté ;

B

Mais son affection reueillant ses tendresses,
Au plus fort des douleurs qu'il soufre en ses detresses;
Vous verrez qu'a la fin il vous fera sentir
Les rigoureux effets d'vn iuste repentir;
Et que redemandant l'heur de sa deliurance,
Il s'y disposéra par vostre decadence,
Pretextant mesme au soing de rauoir ce Heros,
Celuy de vous chasser pour le commun repos.

PAMPHAGE.

Pour obuier aux maux, dont ta peur me menace,
Et pour me maintenir dans mon illustre place;
Ie n'ay qu'a fomenter cette funeste erreur
Qui fait de Pantonice vn obiet de terreur;
Le peuple qui le hait sous cette fausse image,
Ne reprendra iamais les traits de son visage;
Et loing de reueiller sa premiere amitié
Le croyant sans amour, le verra sans pitié.
Enfin si le caprice à tout peuple ordinaire,
Faisoit que son retour luy semblât necessaire;
Et que pour cét effet il me fallut fleschir,
Sous l'ordre souuerain de le faire affranchir;
Philtemide qui hait ce puissant aduersaire,
Par le motif qu'elle a qu'il vouloit s'en deffaire,
Ne manquera iamais de me donner sa foy,

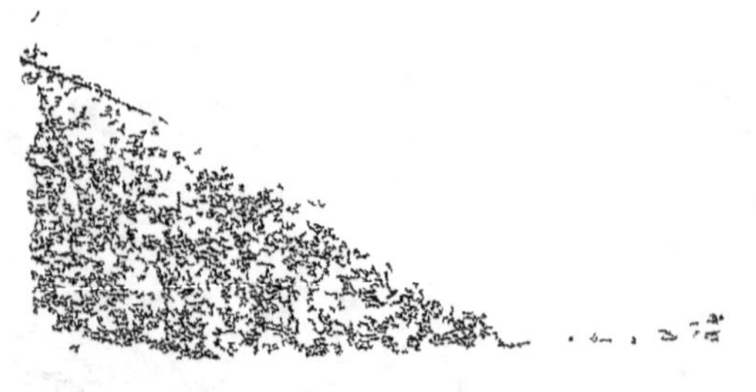

Pour rafermir les fiens en s'appuyant de moy.
Enfin dois je trembler pour toute fa furie
Ayant de mon cofté Protarque & Philarchie.

MONOFTHALME.

Philthemide eft pour vous, & vous eftes certain,
Qu'elle vous doit feruir & de cœur & de main ;
Sçachez que le refpeƈt qu'elle a pour Andrigene,
Luy peut faire efpoufer fon amour & fa haine ;
Et qu'elle ne fçauroit fe declarer pour vous,
Si le cœur d'Andrigene en peut eftre ialoux :
Andrigene eftant donc pour fon cher Pantonice,
Philtemide ne peut eftre voftre complice ;
Par le grand foin qu'elle a, de ne branler iamais,
Que par fes mouuements & felon fes fouhaits :
Au refte le beau nœud qui lioit Philtemide
Auec tout le party de ce fecond Alcide,
N'ayant efté deffait que par la paffion
Que vous auiez toufiours d'en rompre l'vnion ;
Et la fourbe defia commençant à paroiftre,
Lors que de Pantonice on vous a rendu maiftre ;
Ie me crains, que l'horreur, que depuis tant de temps
Philtemide auoit eu pour tous vos partizans,
Ne renaiffe en fon cœur d'autant plus dangereufe,
Que plus elle croira fe môntrer genereufe ;

Et qu'elle ne se doute en voyant d'vn reuers,
Pantonice accablé sous le pois de vos fers
Que vostre ambition secondant sa manie,
Luy fera ressentir la mesme tyrannie,
Quand pour vous rafermir contre vn autre mal-heur,
Vous la ferez seruir de baze à vostre honneur.

PAMPHAGE.

Ne combatras-tu point l'esperance certaine,
Que i'attends de Protarque & de sa Souueraine?

MONOFTHALME.

Ie ne la combatré que pour la rasseurer;
Et vous dire, Seigneur, qu'il est bon d'esperer:
Mais qu'il est encor mieux, de voir sans asseurance
Ce qui peut auorter par quelque deffiance,
Si Protarque auoit pris par inclination,
Le dessein d'apuyer vostre protection,
Vous pourriez iustement pretendre à l'impossible,
De perdre sous son nom le tiltre d'inuincible:
Mais les fausses couleurs dont vous auez depeint,
Le visage innocent, de ce Prince qu'on plaint,
Pour faire regarder Pantonice en coupable,
Ayant trompé les yeux de cét incomparable,
Ie me crains qu'à la fin vous n'ayez pour tout fruit

Le

Le mortel defplaifir de l'en auoir feduit;
Lors que la verité faifant voir l'innocence,
Viendra defabufer fa premiere croyance;
Et que luy repeignant Pantonice & fes traits,
Auec la maiefté de fes premiers atraits;
Il fe verra reduit au befoin neceffaire
De defcharger fur vous l'effort de fa colere;
Pour fe iuftifier en perdant l'impofteur,
Qui de fon procedé ferà l'vnique autheur,
Voila ce que ie crains de tous deux.

PAMPHAGE.

                                        Monofthalme.
Si c'eft ce que tu crains, c'eft ce qui peu m'alarme,
Iouïffons du prefent, & laiffons l'aduenir.

MONOFTHALME.

Lors qu'on voit vn danger, il faut le preuenir.

PAMPHAGE.

Souuant, quand on le veut preuenir, on y tombe.

MONOFTHALME.

Et lors que l'on s'en rit, on voit qu'on y fuccombe.

PAMPHAGE.

En matiere d'Eſtat trop de precaution,
Marque trop de foibleſſe , ou trop d'ambition.
Quiconque veut regner exempt de toute crainte,
Doit ſçauoir le moyen de regner ſans contrainte,
Et l'aſſeuré moyen d'acquerir cette Paix,
C'eſt d'eſperer touſiours, & ne craindre iamais.

MONOFTHALME.

La peur n'eſt pas touſiours lâche , & deſraiſonnable,
Et ſouuant vn grand cœur en peut eſtre capable.

PAMPHAGE.

La peur ne ſe nourrit que de diuers aduis,
Qui demande conſeil , ſemble en eſtre ſurpris:
Ainſi n'en parlons plus : mais voila l'Intendante,
Retirez-vous d'icy.

SCENE DEVXIESME.

PHILARCHIE, PAMPHAGE,

PHILARCHIE.

Ie ne vis que d'attente,
Ou pluſtoſt mon eſprit pour s'eſtre abandonné,

Au conseil mal-heureux que vous m'auez donné,
Entretient mon humeur dans vne impatience,
Qui m'oste le repos en m'ostant l'esperance:
Le bien que i'ay reçeu des illustres succés,
Où Pantonice alloit fecondant mes projets,
Reproche incessament à mon ame oppressée
Les genereux effets de sa vertu passée,
Et ne me permet pas de regarder l'esclat,
Dont ses gestes fameux ont fait briller l'Estat;
Sans croire qu'il n'estoit, ny foudre, ny tempeste,
Qui ne deût espargner vne si grande teste.
Aussi n'auois-ie rien qui me fut tant à cœur,
Que de m'interesser pour ce noble vainqueur;
Quand l'aduis pretexté d'apuyer ma Couronne,
Suggera le dessein d'arrester sa personne:
Et ie puis asseurer que contre mon desir
On conclut le dessein de le faire saisir.

PAMPHAGE.

Dans le dernier peril où son humeur hautaine
Alloit precipitant le thrône d'Andrigene;
Il falloit ou quitter le timon de l'Estat,
Ou prendre le dessein de ce noble attentat:
Si son ambition eût eu quelque limite,
S'il eût laissé briguer pour luy, son seul merite,

S'il se fut contenté de monter en vn rang
Où deuoient l'esleuer ses vertus & son sang:
Enfin s'il n'eut voulu pour placer sa personne,
Qu'vn lieu qu'on eût iugé plus bas que la Couronne;
Madame ie consens qu'apres ce qu'il a fait
Il estoit important qu'il en fut satisfait
Mais loing de contenter l'excés de son caprice
De ce qu'ordoneroient les Loix & la Iustice;
Ne pretendoit-il pas, contre toute équité,
Qu'on ne se regleroit que sur sa volonté!
S'il cessoit de pretendre à l'Architalassie,
Il estendoit ses droits à la Polemarchie;
Encor loing de borner ses dangereux projets,
Au soing extrauagant d'auoir eu ces souhaits,
Pour comble des excés où l'emportoit son zelle,
Il vouloit, pour regner, subiuguer Choratele;
Affin qu'establissant vn pouuoir souuerain,
Sur les droits affranchis de ce peuple hautin,
Il se mit en estat d'auoir vne puissance
Où son ambition fut dans l'independance,
Et formât le dessein de bastir sous sa loy
Vne grandeur qui fit ombre à celle du Roy.

PHILARCHIE.

Ie deuois pour le moins vn peu de complaisance
Non moins à sa valeur qu'à ma reconnoissance

Ses

Ses seruices passés auoient bien merité
Ou qu'on luy pardonnât quelque temerité
Ou qu'on le secondât dans les iustes poursuites;
Qu'il faisoit pour auoir le prix de ses merites.

PAMPHAGE.

Si ce Prince a bien fait il a fait son deuoir,
Ses progrez n'ont seruy qu'à former son pouuoir
A le rendre plus fort & d'autant plus à craindre,
Qu'il estoit en estat de pouuoir tout enfreindre.
I'approuue les raisons qui suspendent les mains,
Et qui font balancer les bras des Souuerains,
Auant que leur rigueur secondant leur caprice,
Ne leur ayt fait porter des Arrests sans Iustice:
Mais lors qu'vn genereux pretend que ses souhaits,
Ne sçauroit plus passer du deuoir à l'excez;
Qu'il peut tout demander, & qu'il peut faire vn crime
Ou d'vn simple refus ou d'vn defaut d'estime,
Si cét ambitieux auoisine le sang,
On doit aprehender qu'il n'en brigue le rang;
Et c'est ne sçauoir pas regner en asseurance
Que d'attendre l'effet voyant son apparence.

PHILARCHIE.

Pour agir de la sorte il seroit de besoin,
Qu'on eut beaucoup de force, & qu'on eut peu de soin
Les bras entreprenans ont beaucoup d'imprudence,

Si leur ambition surpasse leur puissance,
Et nous voyons souuent au milieu des succés,
Auorter les desseins tombez dans cet excés :
Si i'occupe auiourd'huy le Trone en Souueraine
Ie m'y sieds presque plus en vassale qu'en Reine,
Et la crainte que i'ay de le faire trembler
En brassant des desseins qui pouroient l'esbranler,
M'empesche d'attenter à ces coups redoutables,
Que ie tiens ses écueils les plus ineuitables.
Le Sceptre est impuissant dans les mains de Mineurs,
La Couronne sur eux branle à tous les malheurs,
Et les temps ont fait voir que ces Illustres testes,
Ont trouué des écueils dans de moindres tempestes.
Ainsi loin d'exciter quelque grand mouuement
Par le dessein hardy d'vn emprisonnement,
Ie croy qu'il estoit mieux de couler auec feinte ,
Que de se voir reduit de regner auec crainte.

P A M P H A G E.

Madame vostre peur n'a d'autre fondement
Que celuy qu'elle prend de vostre estonnement:
En faisant arrester Pantonice & ses freres
Vous aués affermy l'Estat de vos affaires:
Tout branloit, rien ne branle , & le trône & l'Estat
Reprenent à ce coup leur paix & leur éclat.

Triomphez en repos , ioüiſſés auec ioye
Du bon heur éclatant que le Ciel vous enuoye ;
Et tenez pour certain apres ce coup fatal ,
Qu'on regne en Souuerain quand on eſt ſans Riual.

PHILARCHIE.

Vous prometez beaucoup mais ie crains le contraire:
Cét Illuſtre Captif m'eſtoit trop neceſſaire ;
Ie reconnois deſia qu'vne abſence d'vn iour,
Porte la ſolitude & deſerte ma Cour :
Arctodeme, Allomice & ſes autres Princeſſes,
Dont preſqu'à tous momens ie prenois les careſſes,
Ne ſe preſentent plus , & i'apprehende fort,
Que ce coup ne les porte à faire quelque effort:
Mais que veut Diſangel.

SCENE TROISIESME.

PHILANDRIE, PAMPHAGE, DISANGEL.

Arctodeme , Madame Iointe auec Allomice.

PHILARCHIE.

Ah ie tremble dans l'ame,
Ne le difois-je pas? qu'eft-ce?

DISANGEL.

Sont fur le point
Auec tout-le party du Prince qui s'eft ioint,
De faire bande à part: mais fur tout Allomice,
Cherche tous les moyens d'élargir Pantonice.

PHILARCHIE.

Quel funefte rapport,

DISANGEL.

L'affaire eft en eftat
Si vous ne l'empefchez, de faire grand eclat;
Et defia les complots faits pour cette cabale,
Ont diuifé les grands de la maifon Royalle :
Andrigene qui va courant de toutes pars
Pour les faire enroller deffous fes eftandars,
Protefte qu'on n'en veut qu'à fa feule perfonne,
Puis qu'on a renuerfé l'apuy de fa Couronne;
Ainfi pour obuier à quelque grand affront,
Ie croy qu'il eft befoin d'vn remede bien prompt,
Et de n'attendre pas qu'vn fuccez plus notable,
Faffe empirer le mal pour le rendre incurable.

N'ay-ie

PHILARCHIE.

N'ay-ie pas deuiné?

PAMPHAGE.

Madame, ces beaux coups
Comme ils font glorieux, font toufiours des jaloux,
L'Orage n'eft pas grand, & toute la tempefte,
Si vous le defirez, creuera fur leur tefte,
Tout ce party fe fait plus par raifon d'Eftat,
Que par aucune horreur qu'on ayt de l'attentat :
Et tel s'eft engagé peut eftre dans l'affaire,
Qui veut s'en defgager afin de vous complaire,
Ainfi tous leurs complots ne tendent qu'à ce point,
De feruir Pantonice, & ne vous choquer point :
Il eft vray que ie croy que l'efprit d'Andrigene
Pour le defabuzer, donnera plus de peine,
Mais laiffez m'en le foing :

PHILARCHIE.

C'eft auffi par vos bras
Que ie veux démêler tout ce grand ambarras.

E

SCENE IV.

DISANGEL.

IE te croy bon esprit, Pamphage, mais ie pense
Que tu verras icy l'escueil de ta puissance,
Et que de tes destins, l'admirable dessein
N'ayant pû par autruy, te perdra par ta main:
Les vapeurs de ta bile ont grossi la tempeste,
Que ie vois sur le point de creuer sur ta teste;
Et i'espere qu'enfin par tes propres complots,
Tu nous rendras toy mesme en t'ostant le repos:
Il falloit attenter à ce coup redoutable,
Pour te rendre plus grand, plus libre, & plus coulpable;
Et nous faire pancher par ce triple motif,
De te voir plus meschant, plus grand. & moins captif,
A prendre le dessein de courre à force ouuerte,
Pour haster promptement le besoing de ta perte,
Puis qu'estant plus meschant, & plus grand que iamais,
Tu n'appuyes que trop nos bras & nos souhaits;
Ceux là par la raison, qu'apres cette entreprise,
T'estant plus agrandy, tu donne plus de prise,
Ceux cy par le motif que nous pouuons auoir,
De perdre vn malheureux qui sort de son deuoir;

Ainsi de tous côtez pour ce grand sacrifice,
Nos bras & nos souhaits n'ont que trop de justice:
Oüy je te le promets, fallut-il me risquer,
A subir les perils qu'on trouue à te choquer,
Semnandre le hardy sera le Capitaine,
Sous lequel je m'en vay te declarer ma hayne.

Fin de l'Acte premier.

ACTE II.

SCENE PREMIERE.

THEMIDE, PAMPHAGE.

PAMPHAGE.

Vovs sçauez à quel point de fureur & d'excez
Peut monter vn esprit enflé de ses succez:
Comme l'ambition ébloüit son courage,
En luy pochant les yeux, elle augmente sa rage;
Et luy fait aspirer à tout ce qu'elle veut,
Sans mesme le borner à vouloir ce qu'il peut;
Le transportant ainsi jusqu'au mal-heur extreme,
De ne vouloir jamais obeïr qu'à soy-mesme,

Et

Et de traiter tout joug, mesme le Souuerain,
Ou de seditieux, ou d'iniuste, ou de vain :
C'est cette opinion à laquelle vn Caprice,
Auoit fait aheurter l'esprit de Pantonice ;
Lors que luy dépeignant tant d'Illustres combats,
Où l'Europe auoit veu triomfer ses deux bras,
Ce mauuais conseiller luy suggeroit dans l'ame,
Que viure en dépendant estoit viuré en infame ;
Que s'il estoit subjet apparemment, ou non,
Il falloit en effet n'en auoir que le nom,
Et disposer si bien de la toute-puissance,
Qu'il n'eût, de seruiteur, que la seule apparence
Ce principe insolent où son ambition
Alloit tout soûmettant à sa discretion,
Luy faisoit regarder le rang de Philarchie,
Comme vn faiste éclatant subjet à sa furie,
Dont le moindre dédain de s'y sçauoir soûmis
La pourroit débusquer aussi-bien que son fils :
Si les raisons d'Estat fatales à ses brigues,
L'obligeoient quelquefois d'en choquer les intrigues.
Et de vray le mespris qu'il faisoit d'obeïr,
A moins qu'on ne permît qu'il peût tout envahir,
Reduisoit le pouuoir de nostre Souueraine,
A suiure pour regner son amour & sa haine,
Et ne branler jaimais que selon ses souhaits,

F

Pour conſeruer ſans bruit & le Sceptre & la Paix.
Ces faiſtes de grandeur dont ſa maiſon eſclate,
Ce pouuoir infiny dont ſon Party le flate;
Ses charges, ſes emplois ne ſont que des faueurs,
Qu'il doit à l'equité bien moins qu'à ſes fureurs;
Et qu'on pourroit nommer les éclatantes marques,
Du manque de reſpect qu'il a pour ſes Monarques.
La rigueur de l'Eſtat qui ne va lentement,
Que pour frapper, & mieux, & plus aſſeurément,
A ſuſpendu long-temps le coup dont ſa Iuſtice,
Menaçoit d'abaiſſer l'orgueil de Pantonice,
Iuſqu'à ce qu'abuſant de ſon authorité,
Qu'il augmentoit touſjours par ſon impunité,
Il a forcé ſon bras de ne plus le ſuſpendre,
Puis qu'il croyoit touſjours auoir droit de pretendre.
Tecnatine & Proterme ayant ſçeu les complots,
Que leur frere braſſoit contre noſtre repos,
Ont eſté condamnés comme eſtant ſes complices,
A ſubir les rigueurs de ſes meſmes ſupplices.
Voila ce qu'on a crû qu'il falloit que par moy,
Vous ſçeuſſiés auiourd'huy des volontés du Roy.
Diſpoſez-vous auſſi d'en inſtruire Andrigene.

SCENE DEVXIEME.

THEMIDE.

QVe ce coup me surprend, qu'il me donne de peine?
Mon esprit diuisé d'vn double sentiment,
Condamne Pantonice & l'absout promptement:
Sa valeur paroissant aimable & redoutable,
Le montre à mesme temps innocent & coupable;
Elle me le fait voir soubs des traits si diuers,
Que ie le iuge digne & du Trône & des fers;
Et ne pouuant souffrir qu'on blâme sa conduite,
Ie ne puis endurer qu'on vante son merite.
Ainsi de quelque part que ie iette mes yeux,
Ou sur ses Partisans, ou sur ses enuieux,
Ie trouue également de l'excés & du crime,
Et sur ce qu'on le blâme, & sur ce qu'on l'estime.
Pamphage qui le peint auec mille couleurs,
Qu'il emprunte du droit moins que de ses mal-heurs,
Ne peut en déguiser assez bien le visage
Pour l'oster à mon cœur, & laisser à ma rage.
Et ces deux sentiments ainsi si partagés,
Par les diuers motifs qui les ont engagés,

Rendent également ce Prince soubs la chaine,
L'objet de mon amour & l'objet de ma haine.
Voila tout ce que peut en cét estat mon cœur,
Pour obliger les deux, le pris & le Preneur :
Cependant que le temps éuantant mon intrigue,
Me faira declarer pour l'vne ou l'autre brigue.

SCENE TROISIEME.

ANDRIGENE. THEMIDE.

THEMIDE.

Madame : : :

ANDRIGENE.

Rendés-moy celuy qui de mon nom,
N'a pas moins estendu le bruit que le renom.
Rendés-moy ce grand cœur dont la seule vaillance,
A r'affermy mes droits & porté ma Puissance ;
Rendés-moy le vainqueur de tous mes Ennemis ;
Rendés-moy le Cesar de ceux que i'ay soûmis :
Oüy rendés-le, & s'il faut que ma maison perisse,
Risques-là ie le veux, pour r'auoir Pantonice.

                                        THEM.

THEMIDE.

Madame, le pouuoir qui tient sa liberté,
Soubs les droits souuerains de son authorité,
A crû que la douceur n'estant plus qu'impuissante,
Pour tâcher de borner son ame entreprenante,
Il falloit hazarder cét illustre attentat,
Afin de redonner la Paix à vostre Estat:
Et viure desormais sans crainte des alarmes,
Où l'on estoit tousjours par la peur de ses armes.
Voila ce qu'on a crû qu'il falloit que par moy
Vous sceußiez auiourd'huy des volontés du Roy.

ANDRIGENE.

Des volontés du Roy? quoy les iugez-vous telles?

THEMIDE.

Ie dis ce qu'on m'a dit.

ANDRIGENE.

                    Volontés criminelles,
Puis qu'en voulant oster l'autheur de mon éclat,
Elles choquent le Roy, ma Maison & l'Estat.
Volontés qui ne font que les effets sinistres,
Et du plus insolent & plus fier des Ministres:

Volontés que ie prens pour les auan-coureurs,
De mille euenements, & de mille mal-heurs;
Volontés qui feront (fi le ciel m'abandonne)
Pour efbranler bien-tôt mon trône & ma couronne :
Volontés, où l'Enfer pour brauer mes deffeins,
A porté le confeil de mes mauuais deftins :
Et puis vous mê dirés pour accabler ma ioye,
Qui fera deformais à tous les maux en proye,
Voila ce qu'on a crû, qu'il falloit que par moy
Vous fceuffiez auiourd'huy des volontés du Roy.
Dites, dites pluftôt fans déguifer leur rage,
Voila les volontés du mal-heureux Pamphage.

THEMIDE.

Ie dis ce qu'on m'a dit.

ANDRIGENE.

Mais ne fçaués-vous pas,
Quel eft voftre pouuoir ? quel celuy de fes bras ?
S'il ajufte le fien aux Loix de la Iuftice,
Vous deués procurer que l'on m'en auertiffe :
Et puis-que vous fçaués que vous n'eftes chez moy,
Que pour verifier les volontés du Roy,
Pourquoy m'anoncés-vous des volontés iniuftes
Soubs le titre innocent des volontés Auguftes ?

THEMIDE.

Madame, mon pouuoir est à present reduit,
A dire aueuglement tout ce qu'on me prescrit;
Depuis que dans l'Estat cét insolent Corsaire,
A peû par sa faueur se rendre necessaire,
Depuis qu'on ne depend que de sa seule Ioy,
On ne me porte plus les volontés du Roy,
Pour les verifier, mais pour vous les deduire;
Pour dire ce qu'il faut, mais ce qu'on me fait dire:
Si ie parle autrement on dit que d'Albion,
I'imite & l'insolence & son ambition;
Et qu'insensiblement on voit mon arrogance,
Attenter sur les droits de la toute-Puissance.

ANDRIGENE.

Ah! ne permettés point qu'vn Coquin trauesty,
Fasse si noblement triomfer son party;
Faites de ses desseins auorter les intrigues,
Par la des-vnion de ses funestes ligues;
Et remetant ainsi vostre droit esbranlé,
Dans le premier estat dont il s'est raualé;
Pour vn premier essay de ce coup de Iustice,
En vous restablissant remetés-Pantonice.

THEMIDE.

Ie le repete encor: mon pouuoir est reduit

A taire ce qu'on fait ; & faire ce qu'on dit :
Si ie fais trébucher les poids de mes balances,
C'est moins selon le droit,qu'en faueur des puissances :
Ce Cyclope Estranger dont l'esprit intrigueur,
Dispose de vos loix au gré de sa rigueur ;
S'est rendu si puissant, mesme dedans moy-mesme,
Que ne ie puis du tout aymer que ce qu'il ayme ;
Et de mes sentimens qu'il a tous partagés,
Ceux qui sont pour autruy sont les moins engagés.
S'il s'en trouue quelqu'vn qui dans ce grand diuorce,
Ayt pour vos interests encor assés de force ;
Mille autres corrompus le rangent à leur voix,
Ou rendent son sufrage inutile, & sans poids :
Et ie me vois reduite à ce mal-heur extrême,
Qu'vn crime malgré moy s'esleuant dans moy-mesme ;
Soubs l'iniuste rigueur de deux diuers combats,
Ie veux à mesme temps ce que ie ne veux pas :
Et ne puis consentir mesme à ce que i'estime
Que l'equité du droit me fait voir legitime.
Ainsi voyant l'estat où mon bras est reduit,
De ne decider rien que ce qu'on luy luy prescrit,
Si vous voulés par moy restablir Pantonice,
Rendés-moy le pouuoir de rendre la Iustice.

SCENE

SCENE QVATRIEME.

ANDRIGENE.

ON ne iuge donc plus qu'au gré de ses souhaits,
Ses seules volontez president au Palais :
Il est donc l'Intendant de toute ma Iustice,
Il regle mon Estat, il regle ma Police ;
Il est le Souuerain, & ne laisse à mon Roy,
Que le titre apparent d'arbitre de la Loy :
Tout releue de luy, tout est dans son seruage,
Les grands & les petits luy rendent leur homage :
Tout tremble soubs sa main & moy-mesme ie crains,
La rigueur de ses loix lors que ie les enfrains :
Ah ! c'est trop endurer, c'est trop estre captiue,
Et c'est trop se passer du bien dont il me priue :
Iustes Cieux qui pouués nous rendre triomfans,
Armes-moy de fureur, armes-en mes enfans ;
Secondés le dessein que m'inspire ma rage,
Pour secoüer le joug du mal-heureux Pamphage :
Et ne permetés point qu'Andrigene & les siens,
Succombent soubs le poids de ses honteux liens :
Puis-que pour eslargir mon braue Pantonice,
Ie dois premierement affranchir ma Iustice ;
Est-il de genereux qui ne soit point rauy,

H

D'affoiblir vn pouuoir qui le tient afferuy,
Et de fe redimer du honteux efclauage,
Qui captiue les bras de ce grand Perfonage;
Non, non, ie reconois l'humeur de mes enfans,
Ie fçay qu'ils ne font pas moins libres que vaillans;
Et qu'au premier éclat que la voix de leur mere
Faira pour les porter au foing de cét affaire;
On les verra d'abord courir de toutes pars
Pour venir s'enroller deffous mes eftendars,
Enfin Pamphage, il faut ou bien que ie periffe,
Ou bien toy, pour rauoir mon Braue Pantonice:
Mais n'aperçois-ie pas mes plus fermes apuys,
Et les confolateurs de mes plus grands ennuys?
Il faut les efprouuer.

SCENE CINQVIEME.

ANDRIGENE, PHILIDEME, MYSTARQVE.

PHILIDEME.

Nous fuyés-vous Madame.

ANDRIGENE.

Allés, allés vous-en courtizer vn infame,
Allés proftituer ce refpect fuborneur,

A celuy qui trahit ma gloire & mon bon-heur,
Ie ne vous connois plus que comme des rebelles,
Que le seul interest iette dans les querelles,
Et qui loing de regler vos projets & vos vœux,
Sur les loix d'vn principe, & grand & genereux;
N'aués pour tout motif que cette ardeur commune,
D'asseoir les fondements d'vne haute fortune.

MYSTARQVE.

Madame, entrés donc mieux dedans nos sentiments;
Reconnoissez nos cœurs & tous leurs mouuements;
Et ne nous blasmés pas du moins sans nous entendre.

ANDRIGENE.

Qu'esperés-vous de moy, que pouués-vous pretendre?
Ie ne me repais plus de ces eclats trompeurs,
Qui soubs vn beau semblât cachent de mauuais cœurs:
Vos effets m'ont instruite à regler ma croyance,
Sur tout ce qui seroit contraire à l'apparence;
Et ie vois maintenant que pour en iuger bien,
Il faut escouter tout & n'en attendre rien.

PHILIDEME.

Madame, vous sçaués par les effets contraires

ANDRIGENE.

En pouſſant mes deſſeins vous faiſiés vos affaires;
Ne me reprochés plus que dans cét attentat,
Que Pamphage entreprit pour brauer mon Eſtat,
Vous fiſtes auorter par vn ſuccés ſiniſtre,
Le deſſein inſolent de ce mauuais Miniſtre:
Ie ſçay que l'vn & l'autre également jaloux,
De choquer vn pouuoir qui s'en prenoit à tous,
Fit paroiſtre pour lors vne eſclatante marque,
Du zele qu'il auoit pour ſeruir ſon Monarque:
Mais le temps a fait voir que la neceſſité,
D'affranchir tout l'eſclat de voſtre liberté,
Eſtoit le ſeul motif qui vous fit entreprendre,
L'honneur de vous vanger, non pas de me defendre:
Et que mes intereſts n'entroient dans vos eſprits,
Qu'affin d'y colorer ceux que vous auiés pris.

PHILIDEME.

Ce diſcours nous ſurprend autant qu'il nous eſtonne.

ANDRIGENE.

Si par le ſeul motif d'apuyer ma Couronne,
Voſtre zele vainqueur eût entrepris le ſoing;
De venir m'aſſiſter à ce preſſant beſoing,

N'euſſiés

N'euffiez vous point fremy lors que pour vous remettre
Auec cét affaffin, ce voleur & ce traiftre,
Vous auez confpiré lâchement au deffein
De venir m'arracher Pantonice du fein,

MYSTARQVE.

Madame.

ANDRIGENE.

Ie le fçay.

MYSTARQVE.

Voulez-vous fans deffence,
Irriter voftre efprit contre noftre innocence.

ANDRIGENE.

Parlez: mais gardez-vous de me deguifer rien,
Dites fincerement & le mal & le bien.

MYSTARQVE.

Madame la raifon qui fondé en apparence
L'infidelle foubçon de cette defiance,
Et qui nous fait paffer dans voftre fentiment
Pour les autheurs fecrets de l'emprifonnement,
N'eft rien qu'vn pur effet tiré par coniecture,

I

Des desordres du temps & de leur conionĉture,
Apres que par nos soins Pamphage surmonté,
Ne vit plus de resource à son espoir dompté,
Et que sa passion à son honneur fatale,
Eût enfin échoüé contre la Capitale ;
Ces troubles intestins heureusement conclus
Au gré des triomfants comme au gré des vaincus,
Donnerent le dessein apres tant de diuorces,
De conspirer pour vous auec toutes leurs forces :
Et de se reünir pour viure desormais
Dans la tranquillité d'vne profonde paix :
Pamphage se doutant que sa haute fortune,
Seroit pour s'écrouler dans cette paix commune ;
Et que cette vnion qui regnoit parmy nous,
Ne pourroit subsister sans faire des jaloux ;
S'imagina dés lors que sa grandeur troublée
Estant & la plus haute & la plus esbranlée,
Seroit & pour seruir de butte à tous leurs traits,
Et pour les diriger par ses charmants atraits,
S'il ne preocupoit par quelque coup d'intrigue,
Les dangereux effets qu'il craignoit de leur ligue :
Vous sçauez le dessein que ce lâche intrigueur,
Entreprit pour vous perdre & nous perdre d'honneur
Lors que preuoyant bien que nostre intelligence,
Seroit asseurement l'escueil de sa puissance,

Il nous diuifa tous pour nous rendre moins forts,
Et nous faire perir par nos propres efforts,
En effet les couleurs dont l'effet de fa rage
Defguifoit tous les iours noftre innocent vifage,
Les crimes fuppofez dont ce maiftre impofteur,
Chargeoit fecretement nos mains & noftre cœur;
Cauferent le foubçon que du moins Pantonice,
Pouuoit apparemment fonder fur la Iuftice,
Lors qu'ayant renuoyé fon caroffe chez foy,
Pour en efprouuer mieux la creance & la foy;
Il fçeut le lendemain que des gens de carnage,
Qu'on auoit appofté pour l'attendre au paffage;
Auoient effrontement fur vn de fes valets,
Fait defcharger les feux de quelques piftolets;
Ayant cru que c'eftoit du fang de cét Alcide
Qu'ils alloient affouuir la foif de Philthemide:
Pantonice à ces mots faifi d'eftonnement
Croyant & l'impofture & le crime éuident,
Ne laiffe plus douter à fon ame rauie,
Qu'on n'ait eu le deffein d'attenter à fa vie.
Il s'emporte, il attaque, il nous oblige tous,
De nous mettre en deffence en repouffant fes coups;
Quoy qu'auec le deffein de luy faire connoiftre
Les fuccez triomphans des complots de ce traiftre,
Apres quelques chaleurs que les premiers tranfports,

Auoient fait exhaler en mille vains efforts;
Comme la trahifon commençoit à paroiftre,
Au trauers des clartez que nous y faifions naiftre;
Pantonice claire reconnoiffant l'erreur,
Où l'auoit fait tomber cét efprit fuborneur;
Eftoit prefqu'en eftat voyant noftre innocence
De rentrer auec nous en bonne intelligence;
Lors que ce fcelerat preuoyant le danger,
Où la reünion le deuoit engager,
Preocupe ce coup fatal à fes affaires,
En faifant arrefter Pantonice & fes freres.
Madame fur cela faites noftre procez.

ANDRIGENE.

Ie confens auec vous que ce fatal fuccez,
Ne vous eft imputé que par la coniecture,
Qu'on croit pouuoir tirer de cette conionccture.
Mais enfin pouuez vous dementir ce qu'on dit.

MYSTARQVE.

Quoy?

ANDRIGENE.

Vous vous en doutez.

AND.

MYSTARQVE.

Si c'est encor vn bruit,

ANDRIGENE.

C'est vn bruit, mais fondé sur quelque vray-semblance,
Et qui du moins n'est pas contraire à l'apparence.

MYSTARQVE.

Ce discours nous surprend.

ANDRIGENE.

N'estes-vous point remis,

En bonne intelligence auec mes ennemis?
Estes-vous en dessein de nier que Pamphage,
N'ait triomphé de vous & de vostre courage?
Enfin vous l'auez veu.

PHILIDEME.

Nous l'auons veu, de fait;

Mais nous ne l'auons veu que pour nostre interest:
Et c'est par ce motif que je me justifie
De l'amour pretendu, duquel on se défie.
Pendant, qu'apres le coup de cét assassinat,
On nous alloit traiter en criminels d'Estat,

K

Et que de tous costez on voyoit Pantonice
Interesser pour luy les bras de la Iustice;
Nous auons aussi crû qu'il estoit à propos,
De nous mettre à l'abry des traits de ce Heros.
Que mesme auec honneur pendant ce grand orage,
Nous poussions nous couurir du pouuoir de Pamphage.
Ie sçay que les faueurs de ce tyran jaloux,
Portoient également & Pantonice & nous;
Qu'il ne fauorisoit ses desseins & les nostres,
Que pour nous desvnir les vns d'auec les autres;
Et qu'il ne vouloit point, nous voyant en danger,
Ny nous en garentir, ny nous y voir plonger,
Afin d'auoir loisir pendant nostre deffence,
De se fortifier auec plus d'asseurance:
Et de se r'affermir dans son superbe rang,
En nous faisant choquer par les Princes du Sang.
Pendant que, balançant son amour & sa haine,
Il en rendroit tousiours la poursuite incertaine.
Mais quoy que sa faueur ne nous ait jamais mis,
Ny parmy les vainqueurs, ny parmy les soubmis,
Il estoit toutefois de nostre Politique
De ne rejetter point ce pouuoir tyrannique,
Qui nous mettoit du moins à l'abry du danger,
Quoy qu'il fut sans dessein de nous en dégager.

ANDRIGENE.

Si vous n'auez donc veu le mal-heureux Pamphage,
Que par le seul motif d'en-tirer aduantage;
Et de l'interesser, pour vous couurir des coups,
Que vous apprehendiez d'vn illustre courroux:
Estant hors de danger vous n'auez plus d'atache,
Qui vous puisse engager au party de ce lâche,
Secondez-donc mes vœux.

PHILIDEME.

Madame, commandez.

ANDRIGENE.

Ie suis au desespoir si vous ne le perdez,
Et si pour eslargir mon braue Pantonice,
Vous ne sacrifiez ce Monstre à ma Iustice:

PHILIDEME.

Madame, le motif que vous nous en donnez,
Par le simple desir que vous en tesmoignez,
Nous fera rechercher le repos & la joye
Dans le iuste dessein de vous le mettre en proye.
Mais pour ce grand succez, permettez qu'à son tour,
Nous fassions contre luy combatre nostre amour.

Et sans vous estonner de voir la complaisance,
Que nous tesmoignerons encor à sa puissance :
Tenez pour tout certain que nostre affection,
En viendra mieux à bout que nostre aversion,
Et qu'en estudiant les soins de luy complaire,
Nous sçaurons bien trouuer l'heur de vous en défaire.
C'est le fortifier que d'aller contre luy,
Pendant qu'il se souftient sur vn si ferme apuy,
Et que l'authorité de nostre Souueraine,
Peut, en le deffendant, condamner nostre haine :
Mais si nous l'ataquons auec ce beau semblant,
De vouloir affermir son pouuoir chancelant,
Loin d'en aprehender la secrete entreprise,
Il donnera pluftoft luy-mesme plus de prise,
Et nous le ferons cheoir sans crainte d'encourir
Les disgraces du bras, qui peut le secourir.

ANDRIGENE.

Vostre dessein me plaist, j'en juge la conduite,
Et digne de vos bras, & de vostre poursuite,
Poussez-le jusqu'au bout, & c'est à ce succez,
Que je me regleray pour faire son procez.

SCENE

SCENE SIXIESME.

PHILIDEME. MISTARQVE,

PHILIDEME.

TOut eſt entre nos mains & c'eſt par noſtre haine
  Qu'on peut perdre Pamphage & ſauuer Andrigene:
Le deſſein eſt hardy: mais il eſt à propos
Que nous le pourſuiuions pour le commun repos:
Et que nos intereſts ſoûmis à noſtre gloire,
Ne nous empeſchent point d'en preſſer la victoire.

MYSTARQVE.

Ne precipitons rien, il ſera touſiours temps
De perdre à noſtre gré Pamphage & ſes Agens :
Obſeruons à loiſir, pour iuger ſans meſpriſe,
La pante que l'Eſtat prendra dans cette criſe,
Et nous eſtablirons puis aprés nos aüis,
Sur les reflections que nous en aurons pris.
Vous ſçaues qu'Arctodeme & la noble Alomice,
Souſtiennent le party du vaillant Pantonice,
Et qu'on dit conſtament que Pamphage & les ſiens,
Seront enfin contraints de briſer ſes liens,
S'ils ne font triompher leur force & leur addreſſes

L

De l'esprit mutiné de ces grandes Princesses,
Attendons en la fin & sur l'euenement
Nous iugerons, & mieux, & plus asseurement.

Fin de l'Acte deuxiesme.

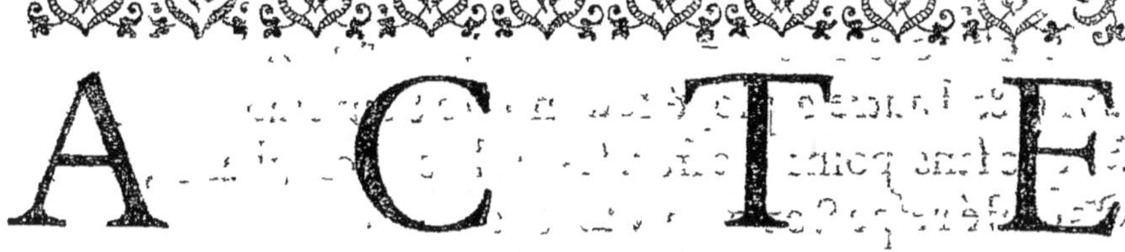

ACTE
TROISIESME.

___

SCENE PREMIERE.

ANDRIGENE, PAMPHAGE,

ANDRIGENE.

OVy sçachez que ces feux que vous venez d'esteindre,
Loin de me rasseurer me font encor plus craindre,
On m'a tousiours apris qu'vn calme si soudain
Ne peut comme il est prompt qu'il ne soit incertain:
Les choses qui se font auec tant de vitesse,
Ont moins de fermeté qu'elles n'ont de foiblesse:
Ainsi ne croyez pas que ce trouble arresté
Me rende le repos que vous m'auez osté.

PAMPHAGE.

Il est toutefois vray que sans beaucoup de peine
L'vne & l'autre a ployé sous nostre Souueraine,
Et que sans point d effort ses ordres triomphants,
Ont esté respectez parmy tous leurs enfans.
Ie croyois bien d'abord qu'Arctodeme affranchie,
Ne succumberoit point au gré de Philarchie ;
Et qu il faudroit enfin que son authorité,
En vint, pour la ranger à quelque extremité ;
Mais elle a tesmoigné, resistant auec feinte ;
Et ployant sous nos loix sans beaucoup de contrainte,
Que son dessein n'estoit que de nous faire voir,
Le peu que de ses bras exigeoit son deuoir :
Et qu'afin de monstrer en faisant vn peu ferme,
Comme elle estoit sensible au malheur de Proterme,
Il falloit opposer vn effort sans danger,
Afin de le seruir sans nous desobliger.
Allomice, il est vray, nous a fait plus attendre,
Auant qu'elle ayt conclu le dessein de se rendre :
Et les premiers deffis qu'elle a fait à l'abord,
Nous fesoient soubsonner vn vigoureux effort ;
Mais enfin nous l auions entierement fleschie,
N'eust esté le conseil de son Euphilachie ;
Laquelle s'obstinant à ne consentir pas,

Qu'elle

Qu'elle nous reconnût auant quelque combats,
A porter ſa raiſon, auec ſon artifice,
A choquer-tout l'Eſtat pour ſeruir Pantonice:
Mais nous auons rompu cét impuiſſant effort,
Et nous l'auons ſoûmiſe.

ANDRIGENE.

Ouy, mais c'eſt par accord,
Et n'ayant iamais peu par force la ſoûmetre;
Il a falu traiter pour vous en rendre maiſtre.
C'eſt ce que vous taiſiez.

PAMPHAGE.

Et que i'ay touſiours crû,
Indigne d'eſtre dit bien plus que d'eſtre teu:
Puis que de quelque part que vienne la victoire,
Elle traine touſiours à ſa ſuite la gloire,
Et le laurier cüeilly ſans épandre du ſang,
Merite à ſon Vainqueur vn plus ſuperbe rang;

ANDRIGENE.

Ne me deſguiſez pas d'vne belle apparence;
La glóire d'vn ſuccez honteüx à ma puiſſance,
Qui traite auec áutruy le traite de Ríual,
Et monſtre en compoſant qu'il le croit ſon égal.

M

Et si par vos complots l'authorité Royalle,
Est reduite à traiter sa subiette d'esgalle,
Iugez si ce succez quoy que victorieux
Procedant d'vn traité peut m'estre glorieux ;
Mais ne rengregeons pas la douleur qui m'en reste,
Par le triste recit de son succez funeste ,
Terminons tous nos soins à preuoir le mal heur ;
Qui pourra desormais trauerser mon bon heur.

PAMPHAGE.

Vostre calme est remis auec tant d'auantage,
Qu'il n'est seulement pas capable d'vn orage ;
Ces esprits mutinez que la rebellion ,
Auoit fait reuolter contre vostre vnion ;
Sont maintenant reduits apres tant de couruées
De soumettre à vos loix leurs testes souleuées :
Tellement qu'apres eux ie voy que desormais,
Le reste est impuissant pour troubler vostre paix :
Ainsi reposez-vous sur ma seulle conduite,
Comme de ces succez ie respons de leur suitte.
Cependant permettez que parmy ces reuers
Nous goûtions le plaisir de voir vaincre vos fers,
Et ne dedaignez pas qu'apres tous ces orages,
Ie vienne le premier vous rendre mes hommages.

ANDRIGENE.

Infolent, effronté, c'eſt donc la le deſſein
Que tu diſſimulois ſans l'eſclorre du ſein,
Tu pretends mal-heureux qu'apres tous ces orages
Tu viendras le premier me rendre tes hommages:
Et que ie te verray ſous vn maſque trompeur,
Apparemment vaſſal, en effet mon Seigneur.
Ah s'il faut que la paix me coute tant de honte,
S'il faut pour t'affermir que les mutins ie dompte,
Ie n'ayme deformais que mes ſeuls ennemis,
Et ie hay le repos qui doit eſtre à ce prix,
Oüy oüy détrompe toy, les deſordres les ligues
Les troubles, les mal-heurs, les complots, les intrigues,
Seront mes paſſe temps, pourueû qu'en m'eſbranlant,
Ils puiſſent eſbranler ton pouuoir chancellant,
Me faiſant eſperer que pour haſter ta chute,
Ils ne prendront que toy pour leur ſeruir de bute:
Si ie m'imaginois qu'a faute de mutins,
Tu pourrois appaiſer les troubles inteſtins,
l'allumerois les feux pour en tirer les flammes,
Qui pouroient rechauffer la froideur de leurs ames;
I'irois ſonant par tout vn horrible befroy,
Pour taſcher d'irriter tous les cœurs contre toy.
Et ie ne croirois pas qu'il peut eſtre de crime,
Qu'on ne peut expier en t'offrant pour victime;

Mais ie ne fçay que trop que les plus gens de bien,
S'ils ne te haïſſoient ne haïroient plus rien ;
Et que ie ne puis voir la fin de cét orage,
Qu'apres l heureux ſuccez de ton fatal naufrage :
Ainſi tourne tes ſoins & tes meilleurs proiects
Au mal-heureux deſſein de me rendre la paix ;
Sçache que mes enfants auront trop de iuſtice,
Pour l'accepter iamais ſans rauoir Pantonice,
Et que ce Conquerant eſtant remis par moy
Ne manquera iamais de m'affranchir de toy.

SCENE DEVXIESME.

PAMPHAGE, PHILARCHIE,

qui ſort d'vn autre coſté.

PHILARCHIE.

Et bien n'eſt-il pas vray que l'éſprit d'Andrigene,
Ne peut point ſe reſoudre à ſuiure noſtre haine :
Et que loin de tourner à gloire vos ſuccez
Elle les croit honteux à ſes autres progrez :

PAMPHAGE.

C'eſt ce qui me ſurprend & ce qui me fait croire
Qu'elle ne connoiſt pas, ou qu'elle hait ſa gloire,

Ie

Ie penſe toutefois que ce n'eſt qu'au de hors,
Qu'elle s'obſtine encor pour ſes premiers tranſports,
Et lors qu'apparament ſa paſſion me blâme,
Elle fait mon eloge au milieu de ſon ame:
Vn eſprit genereux lors qu'il craint ſans ſubiet,
Ne peut le confeſſer puis aprés qu'a regret;
Et ne peut accuſer qu'apres vn peu de feinte,
Les premiers iugements d'où prouenoit ſa crainte.
Andrigene auoit cru que Pantonice pris,
Cauſeroit deſormàis toute ſorte de bruits,
Et ſur ce ſentiment appuyant ſes ombrages,
Elle fondoit la peur de mille grands orages:
Mais enfin le ſuccés a fait voir que ſon cœur,
Auoit eſté ſaiſi d'vne trop prompte peur,
Et honteuſe de voir dans vn ſuccés contraire,
Que s'il faut auoir peur il faut ſçauoir la taire,
Elle n'a peu d'abord, & malgré ſa raiſon,
Confeſſer que ſa peur eſtoit hors de ſaiſon.

PHILARCHIE.

Iugez en autrement, ie ſçay ce qu'elle en penſe,
Elle croit ce ſuccés fatal à ſa puiſſance
Et reglant le futur ſur cét euenement
Elle aprehende encor quelque ſouſleuement

N

PAMPHAGE.

Si c'est ce qu'elle craint, elle en est bien a plaindre,

PHILARCHIE.

Si c'est ce qu'elle craint c'est ce qu'elle doit craindre

PAMPHAGE.

Pourquoy ?

PHILARCHIE.

Vous ignorés ce qui me fait trembler
Ou de peur de m'aigrir, vous le voulez celer.

PAMPHAGE.

Madame ::::

PHILARCHIE.

Sçaués vous que les pleurs d'Herogene,
De tous ses ennemys ont appaizé la haine,
Que Protarque est flechi, Philideme remis
Qu'à ses tristes accens Mistarque s'est soumis
Et qui pis est encor ::: le croirez vous ::: Themide
Quitte vostre party pour ioindre Philthemide.
Preuenés ces mal-heurs.

PAMPHAGE.

Mais ie ne les crains pas,
Il ne m'eſt point nouueau d'en voir tant ſur mes bras
Protarque eſt genereux & ſi ie l'oſe dire
Par ſa propre bonté ie le pourré ſeduire.
Ie ſçauray déguiſer auec tant de couleurs,
Le beſoin de choquer ces diſertes douleurs,
Que ſans me tourmenter, ſans me donner de peine,
Ie luy feray quiter le party d'Herogene.
Outre que cette Dame a par vn ordre exprés
Reçeu commandement de nous laiſſer en paix,
Et de ne troubler point le repos qui nous reſte:
Par quelque autre attentat à nos deſſeins funeſte:
Au reſte vous ſçauez quil ne tiendra qu'à vous,
D'intereſſer bien toſt Philthemide pour nous,
La raiſon qui l'attache au party d'Herogene
N'eſt qu'vn ſimple motif de ſa premiere haine,
Que ie feray changer au gré de mon ſouhait,
Si ie monſtre à ſes yeux iceluy de l'intereſt,
Myſtarque attend beaucoup; & noſtre diademe
Peut beaucoup agrandir l'eſclat de Philideme;
Ainſi ne craignés pas qu'ils ne ſoient tous pour moy,
S'ils en eſperent plus que de quelque autre employ,
Themide eſt au plus fort, & ie n'ay rien à craindre

Pourueu qu'elle ayt du moins vn pretexte de feindre.

PHILARCHIE.

Si tout vous reüffit comme vous efperés,
Il ne faut point douter que vous triomferez,
Mais on voit bien fouuent que celuy qui fe trompe
S'efleue auec excez, pour perir auec pompe:
Qui fe flatte par trop ne fe reconnoift pas,
Et qui fe connoit bien s'allarme à chaque pas.
Ie m'en raporte à vous, mefnagés cet affaire,
Il n'eft pas trop aife de s'en pouuoir defaire,
Mais voila les efcüeils de voftre authorité.
Ie vous laiffe auec eux.

SCENE TROISIESME

PAMPHAGE, PHILIDEME, MYSTARQVE,

PAMPHAGE,

      Enfin fa Maiefté
Sur les grands fentiments qu'elle a de voftre zele
A n'efpoufer iamais que fa feule querelle
Panche à vous reconnoiftre & payer à nos foins
Ce qu'elle en a reçeu dans fes plus grands befoings
C'eft bien tard à mon gré que fa bonté trop lente

           Se

Se refoût à remplir vne fi vieille attente.
Mais on reçoit auffi le bien-fait attendu
Auec plus de plaifir, parce qu'il eft mieux deu.

PHILIDEME.

Quelque longueur de temps qu'elle nous faffe attédre,
Les faueurs que par vous elle nous fait pretendre,
Elle preuient nos vœux & paye par bonté,
Bien plus qu'en la feruant nous n'auons merité.
Il eft de nos deuoirs de n'auoir que pour elle
Ny deffein, ny defir, ny paffion, ny zele,
Et lors que fa bonté nous en rend quelque honneur,
Ce n'eft pas par deuoir, mais par pure faueur.

PAMPHAGE.

Iugez à voftre gré des deffeins magnifiques,
Qu'elle a pour honorer vos vertus heroïques :
Qu'importe du motif fi tout le monde voit,
Qu'enfin pour fon horeur c'eft ce qu'elle vous doit
Elle a ietté les yeux fur l'Architalaffie,
Et fur les premiers rangs qui font dans l'Hierarchie,
Et c'eft pour y monter les deux que dans l'Eftat
Elle croit les plus forts pour en porter l'efclat.
Il eft vray qu'vn rapport fondé fur l'apparence
Que vous auiés flefchy fous vne autre puiffance

Eſtoit pour l'empeſcher quoy qu'elle l'eut promis
De vous en renforcer vous croyant ennemis :
Mais conuaincuë enfin que les pleurs d'Herogene
N'auoient que pour vn temps apaiſé voſtre haine,
Et que certains ſoûpirs eſchaﬤpez par pitié,
Auoient fait le ſoupçon d'vne fauſſe amitié,
Loin de vous condamner dans cette conjoncture,
Elle a iuſtifié toute la procedure.

MYSTARQVE.

Pouuions nous refuſer quelque reſſentiment,
Ou le iuſte tranſport de quelque mouuement,
Lors que preſqu'à nos pieds vne Princeſſe en larmes,
Auoit plus de pouuoir, que n'euſſent eu ſes armes :
Les reſpects qu'à ſes yeux les noſtres ont porté,
Ne derogent en rien à ſon authorité,
Et nous n'auons flechy ſous les pleurs d'Herogene
Que pour la conſoler en partageant ſa peine.

PAMPHAGE.

Il eſt trop mal-aiſé de reſiſter aux pleurs,
Et ne ſe peut qu'on ſoit inſenſible aux douleurs.
L'eſprit le plus brutal, l'eſprit le plus farouche
Succombe à la pitié quand la douleur le touche.
Et pour dire en vn mot il n'eſt point de grand cœur,

Dont ce beau sentiment ne se rende vainqueur :
Mais aussi la raison ayant cedé la place
Aux sentimens coñeeus apres quelque disgrace,
Demande puis apres reprenant son pouuoir,
Qu'auec elle le cœur rentre dans son deuoir,
Et que les pleurs seichez laissent vn beau visage,
Pour rendre à la Iustice vn plus sincere homage.
Ie confesse pour moy que c'est auec regret
Qu'à ses iustes douleurs i'ay donné le subiet,
Et que si i'eusse sceu quelque autre Politique
Pour raffermir l'honneur de l'Estat Monarchique.
Loin d'attenter au coup qui fait cet embaras,
I'eusse pour m'opposer interessé mes bras :
Mais aux raisons d'Estat ma puissance soûmise
N'a peu se dispenser d'en brasser l'entreprise :
Et i'ay creu que l'honneur obligeoit son pouuoir,
De procurer la Paix en faisant mon deuoir ;
Vous le sçauez trop bien. Mais que me veut ce Page.

SCENE IV.

PAMPHAGE, PHILIDEMÈ, MYSTARQVE,
VN PAGE.

LE PAGE.

SEigneur ie viens vous faire vn importun message,

PAMPHAGE.

Qu'est ce,

LE PAGE.

vn nouüeau complot......

PAMPHAGE.

Quelqu'vn des mescontens
Qui veut se preüaloir des desordres du temps,
Ie me doute qui c'est. Mais poursuis.

LE PAGE.

Polemandre
Que vous auiez desia resolu de surprendre
Philhymene, Andrion, retrenchez fortement,

Resolus

Resolus de perir dans leur appartement,
Se sont fortifiez auecque Demotrace.

PAMPHAGE.

C'est ce que je craignois..

LE PAGE.

qui plus est leur audace,

S'emporte jusqu'au point de ne vouloir jamais
Entendre à receuoir aucun traité de paix,
Iusqu'à ce que suiuant leur rage & leur caprice,
On leur ait malgré vous élargy Panronice :
Accourez au plûtost pour guerir promptement
Vn mal qui se rendroit mortel en empirant;
Philarchie en estat:::

PAMPHAGE.

Voylà toutes mes craintes,

Ie triompheray bien du reste auec mes feintes,
Et si vôtre valeur ne s'interesse pas,
A roidir contre moy, vos forces & vos bras,
Ie n'aprehende rien. Cependant Philarchie.
Auant que de se voir de ces maux affranchie,
N'attend que vôtre aueu, pour vous charger de biens.
Adieu.

P

SCENE V.

PHILIDEME, MYSTARQVE,

PHILIDEME.

CET infenfé, nous met parmy les fiens:
Il croit que ces brillants qu'à nos yeux il fait luire,
Pouuant les éblouïr, les pourront bien feduire:
Et qu'il captiuera nos ames & nos cœurs
Par les alléchements de leurs attraits vainqueurs.
Comme c'eft par fes yeux qu'il regarde en nos ames,
Se reglant fur luy mefme, il nous eftime infames,
Et penfe qu'en jugeant de nous comme de luy
Il fonde fa raifon fur vn trop ferme appuy.
Tout rang m'eft odieux, où je dois auec honte
Confeffer que c'eft luy, dont la faueur m'y monte;
Si les deftins l'ont fait le Dieu de mon bon-heur,
Ie detefte ce Dieu, i'adore mon mal-heur,
Et par ce fentiment je trouue plus de peiñe,
D'eftre dans fon amour, que d'eftre dans fa haine.

MYSTARQVE.

Ce fentiment eft beau, mais pour noftre deffein,
Vous deuez empefcher qu'il ne forte du fein.

Pamphage est en estat de se perdre luy-mesme,
Si nous luy permettons seulement qu'il nous aime,
Quelque dessein qu'il ait, il nous aime à present,
Parce que pour nous nuire il se voit impuissant :
Et que de peur d'auoir vne haine sterile,
Il fait qu'à nous seruir son cœur se rend facile :
Mais malgré cet amour il pretend nous trahir,
Et nous perdre dés lors qu'il pourra nous haïr :
Preoccupons le coup, auquel il nous destine,
Et prenons ses moyens pour haster sa ruyne.
Il deguise sa haine, & pretexte l'amour,
Pour faire triompher l'vne & l'autre à son tour :
Pretextons nostre amour, déguisons nostre haine,
Et faisons triompher l'vne & l'autre sans peine.

PHILIDEME.

Ie ne puis me resoudre à prendre sa faueur.

MYSTARQVE.

Prenons la pour le perdre & sauuer nostre honneur,
S'il veut nous agrandir pour trouuer plus de prise,
Au dessein de nous perdre en quelqu'autre entreprise.
Mettons nous en estat de le mieux esbranler,
Et rendons nous plus forts afin de l'accabler.

PHILIDEME.

Mais sans nous en seruir nous pouuons le deffaire.

MYSTARQVE.

Mais s'il s'en doute, il peut faire auorter l'affaire,
Et si de ses bien-faits nous refusons le don,
Nous luy donnons sujet d'en entrer en soubçon.
Ainsi laissons le faire, & souffrons qu'il nous ayme,
Et qu'en nous traïssant, il se perde luy-mesme.

PHILIDEME.

I'y consens:

MYSTARQVE.

          Cependant en voicy les moyens,
Protarque est adoré de tous nos Citoyens,
Megalople est pour luy, Themide le reuere,
Tout l'Estat le respecte, & le traite de pere,
Il n'a qu'à commander, & ses seuls sentiments
Sont pour donner le branle à tous leurs mouuements,
Protarque neantmoins n'ayme que du visage,
Et ne tient qu'à demy le party de Pamphage,
Depuis que par vn oüy, que sa grande bonté
Accorda moins au droit qu'à l'importunité:

C'est

Cét adroit impofteur forçant fa complaifance,
A le fauorifer du moins en apparance,
Abufa de fon nom mefme iufqu'à l'excez,
D'attenter à l'Autheur de nos plus grands fuccez,
Et de porter ainfi l'effort de fa malice,
Au deffein infolent d'arrefter Pantonice.
Ce fecret defplaifir réueillant fa bonté,
A fin de confpirer auec fon equité,
Ne manquera iamais d'irriter fon courage,
Pour rauoir Pantonice, & pour fauuer Pamphage:
Pourueu que mefnageant l'affaire iufqu'au bout,
Nous prenions le loifir de l'inftruire de tout.

PHILIDEME.

Vous iugez comme il faut, & dans cette difgrace,
Où Pamphage eft apres, pour fléchir Demotrace,
Et que Semnandre ioint aux Megafroniens,
Met Pamphage en danger de perir par les fiens.
Ie croy qu'il fera bon de preffer fans relafche,
Le fuccez important du malheur de ce lafche,
Pour trouuer puis apres vn affeuré repos,
Dans l'eflargiffement de ce fameux Heros,
Et dire en fecondant les deffeins de Protarque,
Que nous ne trauaillons que pour noftre Monarque.

Fin du Troifiefme Acte.

Q

ACTE IV.

SCENE I.

PROTARQVE, PHILIDEME, MYSTARQVE.

PROTARQVE.

E voy bien maintenât, & mon efprit comprend,
Qu'on ne peut fans éclat faire tôber vn Grand :
Lors qu'on deftruit les rangs d'vne grandeur
    commune,
Et qu'on ne s'en prend point aux droits de la fortune.
Les Dieux indifferens regardant ces debris,
En ont moins de pitié, qu'ils n'en ont de mefpris :
Mais alors qu'vn pouuoir pretend que fon caprice,
Ne doit point releuer des loix de la Iuftice,

Et que ſa paſſion reglant tous ſes proiets,
Peut attenter à tout au gré de ſes ſouhaits:
Les Dieux intereſſez à borner ſa puiſſance,
S'ils ne font auorter choquent ſon arrogance:
Et trauerſant leurs ſoins, font voir qu'ils ſont ialoux,
Que les Grands ſoient ſuiets à d'autres qu'à leurs coups:
Ce dernier attentat, où l'iniuſte Pamphage
A moins fait triompher, ſon conſeil que ſa rage,
Ne me conuainc que trop, que ces deſſeins hardis,
De mille autres malheurs ſont conſtammeñt ſuiuis.
Puis que pour affranchir cét Illuſtre coupable,
Dont le plus grand forfait eſt d'eſtre redoutable,
Ie preuoy que l'Eſtat partagé de complots,
Ne rentrera iamais dans ſon premier repos.

PHILIDEME.

Les Dieux qui ſont ialoux de voir que voſtre gloire,
Entre dans le ſoupçon d'vne action ſi noire,
Ne permettront iamais, qu'apres cét attentat,
La paix & le repos reuiennent dans l'Eſtat,
Iuſqu'à ce que forçant ce malheureux complice.
A rompre les liens qui chargent Pantonice;
Vous aurez conuaincu les eſprits abuſez,
Que ces indignes fers que vous aurez briſez,
N'auoient eſté forgez que par la main iniuſte,

De celuy qui trompant voſtre pouuoir auguſte,
Pour ſe mettre à l'abry de ce laſche ſoupçon,
Se ſeruit non des mains, mais de voſtre ſeul nom.

PROTARQVE.

Ie le croy bien meſchant, mais toutefois i'eſtime
Qu'il ne l'eſt pas aſſez pour m'imputer ce crime.
Bien loin d'y conſentir, lors que ce ſcelerat
Meditoit le deſſein de cét aſſaſſinat,
I'oppoſay fortement à ſon iniuſte hayne,
Les intereſts du ſang, & l'honneur d'Andrigene :
Et ne voulus iamais qu'auecque mon adueu,
On dit que dans l'Eſtat il auoit mis le feu.
Peut-eſtre bien qu'apres, comme ſuiuant ſa rage,
Il alloit déguiſant cét Illuſtre viſage ;
Et que laſſé de voir ſon importunité,
Qui ne ceſſoit iamais d'irriter ma bonté,
Moins pour y conſentir, qu'afin de m'en defaire,
Ie deſchargeay ſur luy tout le poids de l'affaire.
Il dit, que par faueur ie l'auois appuyé,
Parce qu'en m'indignant ie l'auois renuoyé,

MYSTARQVE.

Il l'explique autrement, & dit que Pantonice,
N'eſt pris que par l'arreſt dont vous eſtes complice.

Il va bien plus auant, & defguifant fon fait,
Il vous dit feul autheur de ce lafche forfait,
Proteftant qu'à ce coup de voftre independance;
Il n'a contribué que fon obeyffance,
Ainfi fe preualant d'vn fi ferme fouftien,
Prodigant voftre honneur, il efpargne le fien,
Et fur voftre debris fondant fon aduantage,
Il hazarde Protarque & garantit Pamphage.

PROTARQVE.

Il a beau me tenir pour fon plus ferme appuy,
Si fans m'intereffer on n'attaque que luy;
Andrigene fçait bien que fi r'eftois complice
Du deffein attenté contre fon Pantonice,
Loing d'efperer de moy fon eflargiffement,
Elle en craindroit pluftoft quelque retardement.

MYSTARQVE.

C'eft pour cette raifon que Pamphage fait croire
Qu'on attaque par luy l'efclat de voftre gloire,
Et que les traits lancez contre fa paffion
Vous touchent le premier, luy par reflexion:
Et l'Eftat conuaincu que cette deliurance
Dépend moins de fon choix, que de voftre puiffance,
Croit auec fondement qu'eftant entre vos bras,

Ne la procurant point, vous ne la voulez pas,
Ainſi cét inſolent menageant ſa conduite,
Vous faict l'obiect du mal, qu'on veut à ſa pourſuite,
Et dans tous ſes deſſeins pretextant vos bontez,
On dit auec raiſon que vous le ſupportez :
Puis que ſans le chocquer par de contraires ligues
Vous le fauoriſez dans toutes ſes intrigues.

PROTARQVE.

Ie l'ay fauoriſé, parce que ma bonté
N'a point peu condeſcendre à quelque extremité :
Mais enfin nous verrons à ſon deſaduantage,
Qui des deux eſt coulpable, ou Protarque, ou Pamphage
Le deſſein en eſt pris, & dans l'euenement
On connoiſtra l'autheur de l'empriſonnement :
Oüy .... mais retirez vous, i'apperçois Andrigene.

SCENE II.

ANDRIGENE, PROTARQVE.

PROTARQVE l'a preuient la voyant ſeule.

Madame gouuernez mon amour & ma haine,
Donnez leur des objecls au gré de voſtre cœur,
Et tendez le du mien abſolument vainqueur,

ANDRIGENE.

En eſtat de me voir ſans force & ſans puiſſance,
Ie ne puis que de vous eſperer aſſiſtance,
Si vous me delaiſſez, je n'ay plus de pouuoir,
Que celuy que j'attends d'vn dernier deſeſpoir.
Et reduite à ce point par mon dernier orage,
Où de me hazarder, où de ſauuer Pamphage.
Ie doute dans l'Eſtat de ce double tranſport,
Qui je dois preferer, où ma vie, où ma mort.
Le repos qui jadis dans vn an de ſeruice,
Fit verſer tant de ſang au braue Pantonice,
Cette adorable Paix qu'il fit fleurir chez moy,
Ayant ſeruy long-temps Andrigene & ſon Roy,
Eſt troublée aujourd'huy malgré ſon grand courage.
Mais: ô honte, pour qui ? pour raſſeurer Pamphage:
Celuy dont mes deſtins ſe ſont touſiours ſeruis,
Pour me mettre à couuert de tous mes ennemis,
Eſt reduit à languir dans vn rude ſeruage,
Pour laiſſer le repos : à qui? cét à Pamphage:
Celuy dont la valeur produiſant la vertu,
A meſme ſous vos loix pluſieurs fois combatu,
Qui ſecondant nos ſoins pour calmer mes diſgraces,
A touſiours en manquant marché deſſus vos traces:
Celuy-là toutefois par vn triſte reuers,
Apres m'auoir oſté, ſuccombé ſous les fers,
Reduit à confeſſer, malgré voſtre ſuffrage,

Qu'on le rend mal-heureux, pour rédre heureux Pãphage,
On trouble mon repos, on renuerſe ma loy,
On me fait reſpirer, & viure dans l'effroy,
Ie n'entends que parler de ſang & de carnage,
O ciel : & tout cela pour aſſouuir Pamphage.
On croit que ſes complots, ſi je ne les preuiens,
Seront pour accabler, & moy-meſme & les miens;
Que la fata'ité de ces mortels diuorces,
Diuiſant mes partis, & diuiſant mes forces;
Me rangeront enfin à cet Eſtat fatal,
Que je ne pourray pas me plaindre de mon mal:
Et que meſme voyant l'effet de cette rage,
On ne permettra pas d'en accuſer Pamphage,
Pamphage qui me perd, Pamphage que je haïs,
Comme l'écueil fatal de mes plus beaux ſouhaits;
Pamphage dont le nom outrageux à ma gloire,
Me doit faire rougir au temple de memoire,
Pamphage :: mais c'eſt trop, je conclus par ces mots,
Et vous demande enfin ſa perte & mon repos:
Sauuez-vous, ſauuez-moy.

PROTARQVE.

     Vos intereſts, Madame,
Sont les plus chers ſujets des plaiſirs de mon ame;
Oüy je veux vous ſauuer, & quelque grand danger

Où

Où Pamphage & les siens cherchent de me plonger,
Si vous ne branlés pas mon repos est trop ferme;
Et mon ambition se borne à ce seul terme.

ANDRIGENE.

Pamphage vous repaist d'vn aparent espoir,
Que jamais que pour vous il n'aura de pouuoir,
Et d'vn respect trompeur déguisant sa malice;
Il vous fait consentir aux fers de Pantonice:
Il sçait bien que sans vous son pouuoir esbranlé,
Sans trembler si long-temps se seroit escroulé:
Et que pour subsister sur cét illustre faiste,
Il depend de vos mains comme de vostre teste.
Ainsi ce Scelerat soûmet vostre faueur,
Pour la faire seruir de marche à la grandeur.
Et sur ce marche-pied fondant son aduantage,
Il fait seruir Protarque aux desseins de Pamphage.
Ie vous ayme & le hays auecque trop d'excés,
Pour souffrir sans parler ses infames succés.
Encor si ie sçauois que l'esprit de ce traître
Ne voulut s'esleuer que pour vous reconnoistre;
Ie voudrois conspirer à son rehaussement,
Pour vous faire vn subjet plus illustre & plus grand,
Et soûmettre à vos loix celuy qui de son faiste,
Ne vous regarderoit que comme sa tempeste:

Mais ie ne sçay que trop que cét esprit hautain,
Brigue l'illustre éclat d'vn pouuoir Souuerain :
Et qu'il affecte vn rang où de sa tyrannie,
L'authorité sans pair regne sans compagnie.
Preuoyés-le au pluſtôt.

PROTARQVE.

                 Madame s'en eſt fait,
Vous aurés par mes mains voſtre eſprit ſatisfait.
Ie perdré ce Tyran dont le pouuoir vous braue,
Ie perdré ce Tyran qui veut vous faire eſclaue :
Mais quelque intereſſé que mon honneur y ſoit,
Ie l'y veux engager, parce qu'il vous le doit.
Dans le deſſein qu'il a de ranger Demotrace,
Quelque puiſſant qu'il ſoit, & quelque effort qu'il faſſe ;
Ie ſçay que cét eſprit ne fléchira jamais
Pour l'acommodement d'aucun traité de paix ;
A moins que ſecondant ſes vœux & ſa Iuſtice,
Pamphage ne conſente à rendre Pantonice :
Voila ce qu'elle a dit dés le premier abord,
Et qu'elle ſouſtiendra iuſqu'au dernier effort :
Le ſuccés faira voir en me faiſant reſoudre,
Que c'eſt d'elle ou de moy qu'il doit craindre la foudre,
Ou peut-eſtre des deux : ie m'en vay de ce pas
Sçauoir ce qu'on en dit.

SCENE TROISIEME.

ANDRIGENE: & PHILIDEME,
& MYSTARQVE qui sortent de l'autre costé.

PHILIDEME.

Ne vous atristés pas,
Madame, le bruit court que désja Selinople,
Encherissant beaucoup par dessus Megalople,
Reduit vostre Tyran à rendre malgré luy,
Le soustien de l'Estat & vostre seul apuy.
Themide au desespoir de voir chés Demotrace,
De sa petite sœur la genereuse audace,
N'a plus d'ambition que de se signaler,
En fulminant Pamphage afin de l'acabler:
Enfin tout est pour vous, tout est pour Pantonice,
Apres le beau succés de ce noble seruice.

ANDRIGENE.

De grace n'est-ce pas quelque bruit imposteur,
Dont vous m'entretenés pour charmer ma douleur:
Ah! ne me flatés plus, dites sans me complaire,
Qu'il est temps à la fin que ie me desespere:

Ie me doute désja que Pamphage a soubmis,
L'esprit de Demotrace & de tous mes amis :
Et qu'il faut desormais que mon pouuoir subisse,
Le joug dont ce Tyran acable Pantonice.

MYSTARQVE.

Si ce n'est qu'vn faux bruit, ce n'est pas sans raison
Qu'il court auec éclat dedans vostre maison :
Puis-que Themide enfin heureusement changée,
A tant de sentimens n'est plus si partagée ;
Et que de ce beau bruit l'incomparable éclat,
La fait presque resoudre à vanger vostre Estat ;
Quelque dessein qu'elle eut du moins en apparence,
De ne vouloir agir que dans l'indiference.
Enfin quoy qu'il en soit Protarque a resolu,
De monstrer à ce coup qu'il veut estre absolu :
Mais absolu tousjours auec cette reserue,
Qu'il veut perdre Pamphage afin qu'il vous conserue :
Et que s'entremetant pour vostre éclat flétry,
En rendant Pantonice il vous mette à l'abry.

ANDRIGENE.

Il est vray que i'ay veu, lisant dedans son ame,
Qu'il est autant pour moy que contre cét infame :
Et c'est cette raison qui me fait esperer,

Que

Que si de vos bontez vous voulez m'asseurer,
Ie feray sans faillir auec plus d'auantage
Auorter les succés des desseins de Pamphage :
Quelque appuy triomphant qui malgré l'equité,
Soustienne son pouuoir contre ma volonté ;
Mais n'apperçois-ie pas Protarque auec Themide ?

MYSTARQVE.

Luy-mesme.

ANDRIGENE.

Ah que leur port me choque & m'intimide?
Ie ne puis me resoudre à les attendre icy.
A dieu, soustenez moy.

MYSTARQVE.

Soustenez-nous aussi.

SCENE IV.

PROTARQVE, THEMIDE, PHILIDEME,
MYSTARQVE,

THEMIDE.

CE sinistre succés balance mon suffrage,
Ie panche à mesme téps pour & contre pamphage
T

PROTARQVE.

Madame, il n'eſt plus temps de vous diſſimuler,
Apres vous eſtre teuë il faut enfin parler.
Si par nos iugemens comme il n'eſt que trop iuſte,
Pamphage diſpoſoit de noſtre ieune Auguſte,
Si nous donnions le branle à tous ſes mouuemens
Qu'il ſuit ſans nos aduis & ſans nos ſentimens,
Quelque ſuccés fatal qu'il eut dans ſes pourſuittes,
Il faudroit l'appuyer, ou blaſmer nos conduites :
Mais puis qu'il entreprend & conduit ſans appuy,
Nous pouuons le blaſmer & nous en prendre à luy.
Quoy ? ce dernier ſuccés fatal à noſtre gloire,
Sans ſa punition entreroit dans l'hiſtoire :
Et nos enfans ſçauroient que nous auons permis,
Qu'vn Roy ſoit le ioüet de ſes vrais ennemis.

PHILIDEME.

Pamphage eſt donc ſoûmis

PROTARQVE.

Ou du moins ſa victoire.
Imprime ſur nos fronts vne tache bien noire,
Demotrace a cedé : mais en le ſurmontant,

Et Basilon soûmis pluftoft que triomphant
De son apartement ne s'eft rendu le maiftre.
Que depuis qu'à ses loix il s'eft voulu soûmettre.

PHILIDEME.

Que l'affront eft mortel à noftre Royauté.

ROTARQVE.

De ce honteux succés mon efprit irrité
Ne peut qu'il ne s'emporte à vomir fur Pamphage,
Iniure fur iniure, outrage fur outrage.
Ah! Madame, c'eft trop : laiffez vos interefts,
Et fulminez fur luy mille fanglants arrefts.
N'aura-on pas raifon de vous croire complice,
Du deffein entrepris pour perdre Pantonice :
Et de vous accufer des iniuftes complots,
Qu'en fuite de fes fers on fait fur nos repos,
Si pendant qu'il s'en va renuerfant la couronne,
Par les mauuais confeils qu'à Basilon il donne,
Vous ne vous declarez contre fes mouuemens
Pour efteindre les feux de tant d'embrafemens.

THEMIDE.

Il eft vray qu'à ce coup mon ame chancellante.

PROTARQVE.

Ah! c'est trop chancellé, qu'elle prenne sa pante,
Il n'est que trop certain, Pamphage n'eutreprend
Que pour se rehauffer & se rendre plus grand :
Quelque honteux fuccés qu'obtienne fa conduite,
Il eft auantageux pourueu qu'il en profite,
Et fans confiderer fi l'honneur s'en enfuit,
Il eft affez content lors qu'il en a le fruict,
Le pretexte charmant deroidir fa perfonne,
A fin de maintenir l'éclat de la Couronne,
N'eft qu'vn mafque apparant dont cét entrepreneur
Déguife le deffein d'augmenter fon bon heur:
Mais puis que nous voyons où butte fon intrigue,
Contreminons la fienne auec vne autre ligue,
Et raffeurant l'Eftat contre fes mouuement,
Monftrons qu'il en fapoit les meilleurs fondemens:
Ce tranfport des captifs dont le deffein m'attrifte,
Fait à Topodefmon, depuis Philacarifte,
Mefme de ce premier & contre mon deffein
Ce tranfport reiteré iufques à Charlymin,
Fait voir euidemment qu'il craint noftrs Iuftice,
Et que nous ne brifions les fers de Pantonice
Puis que pour le fouftraire à nos efprirs ialoux,
Il le met en des lieux independans de nous.

Mais

Mais il l'a beau changer, quelque part qu'il puisse estre,
Pamphage doit sçauoir qu'il doit m'y reconoistre:
Et que ie sçauré bien rencontrer les moyens,
D'en sauuer Pantonice en rompant ses liens.

THEMIDE.

Ie panche au sentiment que vostre ardeur tesmoigne,
Et suis presque d'auis que Pamphage on esloigne:
Mais pour executer ce coup d'authorité,
Ie pretends consulter toute mon equité:
Et n'entreprendre rien qu'apres que ma Iustice,
Condamnera Pamphage, & rendra Pantonice.
Mais qu'est-ce que ie voy?

PHILIDEME.

C'est Andrigene en dueil.

THEMIDE.

Allegés ses douleurs.

V

SCENE CINQVIEME.

ANDRIGENE. PROTARQVE.
PHILIDÉME. MYSTARQVE.

ANDRIGENE.

Proche de mon cercueil,
Et de trois coups mortels indignement atteinte,
Si ie ne dois mourir, i'en dois bien auoir crainte.

PROTARQVE.

Madame, suspendés l'effort de vos douleurs,
Pour voir auec plaisir la fin de vos mal-heurs:
Le dessein d'affranchir vostre bon-heur esclaue,
Du pouuoir insolent du Tyran qui vous braue;
Reüssira bien-tost au gré de vos desirs.

ANDRIGENE.

Oüy: mais tarirés-vous la source des soûpirs,
Osterés-vous la cause où ma raison plongée,
Ne pouuant desormais par vous estre vangée;
Pense que son Tyran vient de luy faire voir,
L'heure & moment fatal d'vn dernier desespoir.

PROTARQVE.

Quelque puiſſant que ſoit le bras qui vous outrage,
Ie ſuis tousjours, Madame, au deſſus de Pamphage.

ANDRIGENE.

Oüy : mais rauirés vous à l'iniure du ſort,
Celle dont ce Tyran vient de haſter la mort :
Rendrés-vous à ſes yeux cét éclat admirable,
Qui jadis dans ma Cour la rendoit adorable :
Pourrés-vous r'animer ces viuantes couleurs,
Où j'allois tous les iours amuſant mes douleurs :
Enfin pour appaiſer le regret qui me gêne,
En ſoulageant mes maux : rendrés-vous Herogene.
Repeindrés-vous l'éclat de mes Royales fleurs,
Terny par le ſuccés du plus grand des mal-heurs :
Pourrés-vous arracher au char de Demotrace,
L'honneur d'auoir cauſé ma plus grande diſgrace :
Fairés-vous ignorer à la poſterité ;
Que par vn rude échec de mon authorité,
I'ay veu de Baſilon la puiſſance reduite,
A ſucomber aux ſiens par faute de conduite.
Romprés-vous les liens qui dedans Charlymin,
En liant Pantonice ont lié mon deſtin :
Et font deſeſperer mon ame inconſolable,
De pouuoir eſlargir cét innocent coupable.

Voila les coups mortels qui me feront languir,
S'ils ne font affés forts pour me faire mourir.

PROTARQVE.

Madame, le deffein de fauuer voftre gloire,
D'arracher voftre honneur au mefpris de l'hiftoire,
M'empéche de vous dire auec quels fentiments
I'ay receu les fuccés de ces éuenements.
Mais ie vous feré voir en vangeant ces outrages,
Fallut-il rambarrer plus de mille Pamphages;
Qu'il n'eft point de motif qui me poffede tant,
Que celuy d'affouuir voftre efprit mécontent:
Et s'il n'eft pas affés pour rauoir Pantonice,
D'intereffer pour luy les bras de la Iuftice:
I'armeré tout l'Eftat, & feré conféntir
Tout le monde au deffein de l'aller affranchir.
Et cét Heros remis vangera bien fans peine,
L'honneur de Bafilon, & la mort d'Herogene.

SCENE

SCENE SIXIEME.

ANDRIGENE. PHILIDEME. MYSTARQVE.

MYSTARQVE.

ENtretenons ce feu qu'auec tant de chaleur,
Nous voyons exhaler de son illustre cœur :
Pamphage se doutant que c'est par nos intrigues,
Que Protarque en voudroit à ses funestes brigues,
Affin de diuertir son esprit esbranlé,
Des iustes sentiments dont nous l'auons comblé :
Faira tous ses efforts pour luy mettre dans l'ame,
Le probable deffy de quelque coup infame :
Qu'il nous imputera pour couurir son bon-heur,
Et pour se garentir en perdant nostre honeur.

ANDRIGENE.

Allés sans relacher de cette illustre haine,
Pour détrôner Pamphage & remettre Andrigene.

Fin de l'Acte IV.

X

ACTE
CINQVIEME.

SCENE PREMIERE.

PAMPHAGE. MONOFTHALME.

PAMPHAGE.

E N'ay donc agrandy ces deux fiers ennemis
Par les nobles employs que ie leur ay foûmis,
Que pour dõner moyen à leur mefconoiffance,
De venir m'accabler auec plus de puiffance,
Et fignaler l'effort de leur pouuoir ingrat,
Par l'execution d'vn plus noir attentat.

MONOFTHALME.

Vous pouuiés, bien iuger que fi vos recompenfes,
Sufpendoiēt pour vn temps l'effet de leurs vengeances,
Ces efprits irrités ne manqueroient jamais,
De leuer à la fin ce faux mafque de Paix:
Et de vous faire voir en defguifant leur haine,
Du deffein fpecieux de feruir Andrigene :
Qu'ils ne s'eftoient foubmis à prendre vos prefens,
Qu'affin de s'en feruir pour mieux prendre leur temps;
Et de furfeoir vn peu le deffein de vous nuire,
Iufqu'à ce qu'à loifir ils le pourroient produire.

PAMPHAGE.

Lors que pour m'affermir ma haine a confenty
Au deffein d'engager Myftarque à mon party,
Et que par ce moyen i'ay crû que Philideme,
Suiuroit les mouuements de cét autre luy-mefme:
Tu fçais que mes mal-heurs me reduifoient pour lors,
A la neceffité de craindre leurs efforts;
Et qu'affin d'empefcher que par quelque entreprife,
Ils ne vinffent choquer mon pouuoir en fa crife:
Mille raifons d'Eftat que tu n'ignorés pas,
M'ont fait rendre prodigue à ces Efprits ingrats;
Et que pour n'auoir peû forcer leur arrogance,

Ie me suis veu contraint d'agrandir leur puissance :
Mais puis que leur humeur fatalle à mes projets,
Fait malgre ce moyen auorter mes succés ;
Et que ie ne puis point en desguisant ma haine,
Gouuerner sans Riual les Estats d'Andrigene :
Il faut se declarer ouuertement contr' eux,
Et les faire passer pour des seditieux :
Nous n'auons qu'à donner vn soubsçon à Protarque,
Pour perdre à nostre gré Philideme & Mystarque.

MONOFTHALME.

Auant vostre mal-heur ce dessein estoit bon,
Mais ie croy qu'à present il est hors de saison :
Vous voules descrier Mystarque & Philideme,
Dans l'esprit de celuy qui les porte & les ayme ;
Et qui pour tout motif de cette affection,
N'en a point de plus grand que vostre auersion :
Iugés si vous pourries fonder vn imposture,
Sur le temps incertain de cette conjoncture ;
Et si c'est à propos que pour les descrier,
Vous preniés le dessein de les calomnier.
Si Protarque ignoroit la passion extrême,
Que vous aués monstré pour perdre Philideme,
Vous pourriés esperer qu'vn crime desguisé,
Que contre son honneur vous auriés supposé.

Ayant

Ayant de verité du moins quelque apparence,
Pourroit auec succés noircir son innocence :
Mais estant conuaincu que sa haine vous nuit,
Qu'encor outre cela Mystarque vous poursuit,
Loing de les hazarder en les faisant coupables,
Vous luy tesmoignerés qu'ils vous sont redoutables.

PAMPHAGE.

Est-ce, ce que tu crains ?

MONOFTHALME.

                        Ie les crains en effet,
Mais ie ne crains aussi que pour vostre interest :
Outre que ce succés où contre Demotrace,
Vous aués echoüé par vn coup de disgrace,
A tellement destruit le peu qu'auparauant
Vous auiés de credit chés cét indépendant :
Qu'il n'est plus en estat de regler son estime,
Sur le raport trompeur de quelque illustre crime :

PAMPHAGE.

I'en ay désja parlé,

MONOFTHALME.

                Ie le sçay bien, Seigneur,
                                        Y

Mais ie sçay bien aussi que c'estauec mal-heur,
Et que Protarque a dit que iamais vostre haine,
N'a cessé d'esbranler ces apuys d'Andrigene :
Iugés sur ce repart.

PAMPHAGE.

                    L'imposture d'abord
Surprend bien en effet, mais c'est sans faire effort :
Tu sçais que cét esprit :::

MONOFTHALME.

                    Ioint auec Philthemide,
Pourra vous renuerser s'il peut gaigner Themide,
Et Themide esbranlée a désja consenty,
Au dessein d'affoiblir vostre iniuste party,
Apres que par les pleurs de sa chere Andrigene,
Elle a sçeu le trépas de la noble Herogene.

PAMPHAGE.

C'est vn foible motif.

MONOFTHALME.

                    Ie me crains bien, Seigneur,
Qu'il ne soit assés fort pour vous perdre d'honeur,
En tout cas hazardés, voila Protarque arriue.

SCENE DEVXIEME.

PROTARQVE. PAMPHAGE.

PROTARQVE.

IL est temps d'affranchir Andrigene captiue,
Ie ne puis plus souffrir que vos iniustes fers,
Apres la cruauté des maux qu'elle a souffers,
Engagent plus long-temps sa liberté contrainte;
A gemir constament de douleur ou de crainte
Il faut la soulager, & n'y reculés pas,
Ou bien resolués-vous à m'auoir sur les bras.

PAMPHAGE.

Parmy tous mes desirs celuy qui plus me gesne,
C'est de mettre à l'abry le repos d'Andrigene
De calmer son Estat malgré ses ennemis,
Et de fonder sa paix sur mes propres débris,
Voila la passion qui chés-moy prédomine.

PROTARQVE.

Monstrés-là dans l'effet comme dans vostre mine;
Ne trompés plus l'Estat d'vn bel exterieur:
Mais agissés bien-tost & des mains & du cœur,
Ou vous m'entendés bien

PAMPHAGE.

                    Seigneur, ie conjecture
Qu'en effet contre moy quelque forte imposture,
Preuenant vos bontés de quelque faux récit,
M'aura voulu noircir pour s'y mettre en credit.
Mes ennemis...

PROTARQVE.

            Nommés Mystarque & Philideme,
Ces mortels ennemis de la grandeur suprême,
Ces fameux imposteurs, ces compagnons des Rois,
Ces Bastards d'Albion, ces infracteurs des lois,
Et tout ce qu'vn humeur hardie & debordée,
Vous pourra suggérer pour m'en changer l'idée:
Mais ne m'en parlés plus, ie suis trop bien instruit,
Et de tous leurs desseins & de tout leur esprit,
Conspirons auec eux & secondons leur peine,
Pour calmer au plustost les troubles d'Andrigène.

PAMPHAGE.

Loing de les appaiser nous les réchauferons.

PROTARQVE.

Loing de les réchaufer nous les appaiserons:
Ie sçay que leurs projets & toutes leurs intrigues,
                                        Ne

Ne tendent qu'au deſſein de reünir les ligues
Qu'ils en veulent aux fers qu'en troublant le repos,
Vous auez impoſé ſur nos plus grands heros,
Et qu'ils n'ont proteſté contre voſtre iniuſtice,
Qu'afin de rappeller la paix & Pantonice.

PAMPHAGE.

Si Pantonice eſt pris c'eſt apres voſtre adueu.

PROTARQVE.

S'il eſt à Charlymin c'eſt à mon deſaueu.
N'en ſuis-ie pas l'autheur, n'eſt-ce pas par mes ordres
Qu'on vient de rallumer par ce coup les deſordres?
N'adiouſterez-vous pas à vos pretentions,
Que c'eſt pour aſſouuir encor mes paſſions?
Et qu'afin de parer aux coups de Philthemide,
Ie l'ay voulu ſouſtraire au pouuoir de Themide?
Si c'eſt par mon adueu que Pantonice eſt pris,
Bien toſt par mon adueu ie veux qu'il ſoit remis:
Et que ſa liberté cruellement eſclaue,
Apres ſa deliurance, ou me choque, ou me braue,
Le ſuccés fera voir qui de vous ou de moy
Choque, en y reſiſtant, la perſonne du Roy.
Pour moy malgré l'aduis que la fureur vous donne,
Sçachez que ie le tiens l'appuy de la Couronne,

Z

Et que pour raſſeurer & le Thrône & l'Eſtat,
Ie veux le reſtablir dans ſon premier éclat.
Si vous y reſiſtez vous eſtes le coulpable,
De l'iniuſte ſujet dont la rigueur l'accable.

PAMPHAGE.

D'autres raiſons d'Eſtat s'oppoſent fortement,
Et ne permettent pas ſon eſlargiſſement,
Les troubles ſuruenus ont fait changer de face,
Aux raiſons qu'on auoit d'adoucir ſa diſgrace :
Et ie croy qu'on ne peut qu'auec vn attentat,
Qui ſeroit deſormais pour troubler tout l'Eſtat,
Reſoudre le deſſein d'eſlargir Pantonice,

PROTARQVE.

Ce n'eſt pas d'auiourd'huy que de voſtre iniuſtice,
Vous deſguiſez l'horreur de ce trompeur éclat
Que vous tirez touſiours des pretextes d'Eſtat :
Si comme vous parlez l'Eſtat & ſes affaires
S'oppoſent au deſſein d'eſlargir ces trois freres.
Pourquoy pourſuiuent ils ſi genereuſement,
L'honneur de procurer leur eſlargiſſement.

PAMPHAGE,

Formez-vous tout l'Eſtat de deux ou trois rebelles,
Que le ſeul intereſt iette dans les querelles,

PROTARQVE.

Ie compose l'Estat des vrais subiets du Roy,
De tous vos ennemis, d'Andrigene & de moy :
Quiconque vous poursuit c'est celuy que i'estime,
De tous les bons subiets le moins illegitime,
Et qui vous fait la cour, passe dans mon esprit
Pour vn mauuais subiet qui doit estre proscrit,
Ainsi resoluez-vous à lascher vostre prise.

PAMPHAGE.

L'Estat est à present dans vne telle crise,
Qu'vn lion dechainé seroit pour dechirer
La paix qu'auec nos soins nous allons rasseurer ;
Ne vous obstinez pas contre ma resistance,
A vous interesser pour cette deliurance,
Le repos de l'Estat contraire à vos souhaits
Vous la refuseroit pour le bien de la paix,
Et son calme remis par ce coup de Iustice,
Ne peut plus consentir à rendre Panronice.

PROTARQVE.

Le repos de l'Estat contraire à mes souhaits,
Me la refuseroit pour le bien de la paix :
C'est donc contre l'Estat que ie te sollicite,

C'eſt donc contre l'Eſtat que i'en fais la pourſuitte,
Effronté .. tu ſçauras que c'eſt d'vn ſcelerat
Que ie veux en effet deſemparer l'Eſtat,
Et que pour ſon tepos malgré ton arrogance
Ie pretends reſtablir l'eſcueil de ta puiſſⱥnce.

PAMPHAGE.

Ouy, mais ſouuenez-vous qu'il eſt dans Charlymin.

SCENE III.

PROTARQVE.

EVt-on ſous mille fers captiué ſon deſtin,
Ie ſçauráy les briſer, fut-il dans l'enfer meſme,
Et reſtablir par là l'authorité ſuprême;
Oüy, quelques vains efforts qu'oppoſe ta fureur
Au deſſein d'affranchir cét illuſtre vainqueur,
Quelque grande que ſôit la fureur qui t'anime,
Ie ſçauray le r'auoir, fut-il dedans l'abyſme,
Et pouſſant ces beaux ſoins iuſqu'au deſſein parfait,
De le voir eſlargir, & de te voir défair.
Ie veux faire ſeruir de marche à ma victoire,
Tout le reſte impuiſſant du débris de ta gloire,
Afin de regarder le Thrône ſans effroy,
Lors que i'auray chaſſé l'ennemy de mon Roy.

SCENE

SCENE QVATRIEME

PROTARQVE, THEMIDE,

PHILIDEME, MYSTARQVE,

PROTARQVE.

Il ne faut plus douter du deſſein de Pamphage
Puis que cét inſolent en vient iuſqu'à l'outrage.
Et qu'vne iuſte peur d'eſtre enfin obligé
A rompre les liens dont ce Prince eſt chargé,
A fourni le conſeil de chercher vn azile,
Où l'eſlargiſſement parut plus difficile
Et d'où ſa paſſion malgré tous vos Arrets,
Peut faire triomfer ſes mal-heureux projets.
Il a trop redouté qu'apres cette diſgrace,
Nous ſerions obligez de borner ſon audace:
Et de calmer l'Eſtat, qu'il a tout partagé:
Non plus par des longueurs: mais par vn abregé.
C'eſt pour ce ſeul deſſein que ſuiuant ſon caprice,
Il a dans Charlymin renfermé Pantonice:
Affin que ſi l'Eſtat ialoux de le rauoir,
Intereſſoit pour luy ſon droit & ſon pouuoir
Ce fameux bouleuart meſpriſant nos diuorces,

Peut mettre son pouuoir à l'abry de nos forces,
Et diuertir les coups que nos desseins vnis.
Feroient pour affranchir ses trois grands ennemys,
Nous voyons ses complots nous voyons ses intrigues,
Sans les faire auorter par de contraires brigues:
Et la posterité sçaura que de nos temps,
Andrigene a ployé soubs les loix des Tyrans,
Ah Madame c'est trop il est temps de resoudre,
Le dessein d'acabler Pamphage soubs la foudre,
Et de n'attendre point que cet extrauagant
Renuerse tout l'Estat en se desesperant.

THEMIDE.

Ie suis presqu'en estat pour mon cher Pantonice,
De ne balancer point ce coup de ma iustice.
La bonté de mes bras qui l'ont tant attendu
Et que pour mieux fraper i'ay long temps suspendu,
Et sur le point fatal de borner cet affaire
Par l'execution de ce coup exemplaire
Et de n'attendre point que de nouueaux progrés,
Redoublent mes rigeurs pour punir ses excés.
Apres ce rude échec ou contre sa Riuale
Il a fait échoüer l'Authorité Royale;
Apres que sans Conseil il a dans Charlimin
De nos pauures Captifs transporté le destin

Et qu'en fuitte egorgeant par des douuleurs amieres
Le miracle du temps & l'ornement des meres,
Son inhumanité fe pouffant iufqu'au bout,
M'a fait voir qu'il eftoit pour attenter à tout.
Ie ne voy plus de iour pour differer fa perte;
Puis qu'il m'y fait courir luy mefme à force ouuerte.
Mais qui furuient,   *Euangel entre*

EVANGEL.

Madame:::::

THEMIDE.

O dieux que dans mon cœur,
De quelque doux raport ie preffens la douceur.

EVANGEL.

Quelque grande rigeur qu'on tienne à Pantonice,
Iufqu'à ne fouffrir pas qu'il demande iuftice,
Il a toutefois fçeu fi bien prendre fon temps
Pour vous deduire en bref fes plus purs fentiments
Que malgré la fureur & la rage des gardes,
Ce billet a forcé toutes leurs halebardes.

THEMIDE prenant le billet.

De tous trois? iuftes Cieux
Que ce coup eft fatal à cet ambitieux.

Et que ie ressens bien que mon esprit s'anime
Au dessein d'affranchir ces coupables sans crime.

Elle lit le billet.

Enfin vostre ennemy fait triompher la crainte
Qu'il auoit que bien tost vous briseriés nos fers,
Et qu'a borner nos maux soufers,
Sa puissance seroit contrainte.

C'est donc apres ce coup qu'auec son artifice,
Il s'asseure des lieux où nous deuons mourir
Puis que pour nous faire perir
Il nous oste à vostre Iustice.

Ah ne permetés pas qu'ainsi de sa manie
L'iniuste authorité vous puisse faire voir
Qu'en esbranlant vostre pouuoir
Elle affermit sa Tyrannie.

Quelque semblant trompeur que son visage fasse
Il vous ayme à present pour vous perdre à son tour
Comme il se sert de vostre amour
Pour asseurer nostre disgrace

Ainsi resoluez vous à calmer cet orage
Et tenés pour certain qu'il ne nous fait soufrir
Qu'affin de vous faire perir
En suitte de nostre naufrage.

PANTONICE, TECNATINE, ET PROTERME.

Oüy genereux Captifs ie conçois auec vous
Que vous ayant perdus il nous veut perdre tous:

Mais

Mais ie le preuiendray quelque grand qu'il puisse estre,
Et bien tost mon pouuoir se comportant en maistre : : :

PROTARQVE.

Madame il n'est plus temps de suspendre la main,
Qui doit mettre en effet son pouuoir souuerain.
Ce *bien-tost* est venu la trame est descouuerte,
Si vous la differez vous empeschez sa perte.
Et ie me crains qu'enfin s'esleuant plus que vous,
Il ne mette sa teste à l'abry de vos coups.
Ainsi n'atendez plus.

THEMIDE.

           Il est de ma Iustice
De suspendre le coup auant qu'il en perisse.

PROTARQVE.

Ie sçay bien qu'il le faut : mais ses faits conuaincus,
Dispensent vostre main de le suspendre plus.
Son crime est euident autant que Pantonice
Ne semble criminel que par son artifice;
Et puis que ce dernier vous parroist innocent,
Parce que le premier s'est rendu trop puissant;
Pour faire triompher d'vn coup vostre Iustice,
En abaissant Ramphage, eleuez Pantonice.

Bb

THEMIDE.

Mais differons vn peu.

PROTARQVE.

Madame il ne se peut
Puis que cét insolent ne fait que ce qu'il veut
Et que de son pouuoir on voit la tyrannie
Aller en empirant, comme elle est impunie.

THEMIDE.

Ah que vous me pressez.

PROTARQVE.

C'est pour vous arracher
Le foudre que cent fois vous auez deu lacher.

THEMIDE.

I'y consens puis qu'enfin la force & la iustice,
En condamnant Pamphage absoluent Pantonice.
Que ce seditieux desempare l'Estat,
Que ses trois ennemis reprenant leur eclat
Et qu'Andrigene enfin restablie en puissance
Par le iuste succez de cette decadence,
Rentre en vn mesme temps dans son premier repos
En suitte du retour de trois de ses Heros.

SCENE CINQVIESME

PROTARQVE, PHILIDEME, MYSTARQVE.

PROTARQVE.

APres ce coup fatal nous verrons la posture,
Que Pamphage tiendra dans cette conjoncture.
Si suiuant son conseil pour quelque autre dessein
Il veut nous obliger de forcer Charlymin
Resolu de perir ou d'euanter la mine
Que nous faisons ioüer pour haster sa ruine,
Il faut qu'il se resolue auec cét attentat,
De se voir sur les bras les forces de l'Estat,
Et de contrequarrer par cette resistance
Tout ce qu'Andrigene a dessous sa dependance.

PHILIDEME.

Si iusqu'à ce dessein son bon-heur chancellant
Pouuoit faire pancher son esprit insolent
Et que pour soustenir sa cheute ineuitable,
Il voulut s'opposer par ce coup redoutable:
Ie penserois pour lors qu'il seroit abbatu
Puis que le desespoir regleroit sa vertu.

PROTARQVE.

Quoy qu'il consulte enfin, & quoy qu'il delibere,
Il faut ou qu'il s'enfuye ou qu'il se desespere :
Sa fortune est reduite à ce dernier mal-heur,
Qu'il ne peut se sauuer sans perdre son honneur.
Et pour se garantir du coup qui le menace
Il faut ou qu'il perisse ou qu'il viue en disgrace.

MYSTARQVE.

Peut-estre que suiuant son esprit intrigueur
Malgré ses cruautez & malgré sa rigueur.
La creance qu'il a que flatant Pantonice,
Et luy faisant gouster qu'à ses desirs propice,
Contre tous les desseins dont il peut nous noircir,
Il aura resolu de l'aller affranchir.
Il preuiendra l'Arrest que malgré sa puissance,
Themide a fulminé contre sa resistance.
Et protestant que c'est de son authorité
Qu'il viendra l'eslargir de sa Captiuité,
Il nous accusera pour vn coup de partie
De nous estre opposez long-temps à sa sortie.

PROTARQVE.

Il a beau desguiser ses fourbes & sa rage

Pantonice

Pantonice est instruit de l'humeur de Pamphage:
Mais qu'est-ce qu'on me veut.

LE GENTIL-HOMME.

Seigneur Pamphage enfin
Preuenant vos desseins vient d'ouurir Charlymin.

PROTARQVE.

Charlymin?

LE GENTIL-HOMME.

Oüy, Seigneur, en esperant peut-estre
Qu'en le faisant ouurir il s'en rendroit le maistre,
Et qu'en restablissant ces Princes eslargis,
Il se restabliroit ainsi dans leurs esprits;
Ou qu'il feroit du moins en déguisant sa haine,
Du dessein specieux de choquer Andrigene,
Qu'ils croiroient que malgré tout l'Estat conspiré,
Pour les faire sortir il auroit coniuré:
Mais tous nos bons destins ont éuanté sa mine,
Pour nous donner moyen d'acheuer sa ruine,
Et de nos trois Heros, ce fourbe n'a gagné
Que le simple bon-heur de se voir espargné,
Pendant qu'on esperoit du vaillant Pantonie
Qu'il le sacrifiroit d'abord à sa iustice.

PROTARQVE.

O le lâche impofteur ::: Mais enfin nos Heros;

LE GENTIL-HOMME.

Ont fecoüé les fers pour goûfter le repos
Et pour cet heureux temps que le Ciel nous renuoye,
Andrigene a voulu qu'on fit des feux de ioye;
Cependant qu'auec eux deffefchant tous fes pleurs,
Elle les entretient de toutes fes douleurs.
Et confond fes plaifirs dans la douceur des larmes,
Qu'elle verfe en riant fur le Dieu de fes armes.

PROTARQVE.

Allons en partager les plus purs fentiments,
Et finir auec eux nos mefcontentements
Cependant aprenons qu'vne main vangereffe,
Pour abatre l'orgueil toft ou tard s'intereffe,
Et que Pamphage enfin à nos pieds abatu
nous inftruit, en feruant de marche à la vertu.

Fin de la tragi-Comedie.

LA BALANCE D'ESTAT, *c'est à dire le rehauffement d[e]*
   Monfieur le Prince & l'abaiffement de Mazarin.

ANDRIGENE ou qui produit de grâds hommes, *la Franc[e]*

BASILON ou Roy, *Le Roy Mineur.*

PHILARCHIE ou qui ayme & fouftient la Souuera[i]
   neté, *La Reyne.*

PROTARQVE ou le premier qui commande, *Son Altef[se]*
   Royale.

PANTONICE ou qui furmonte tout & par tout, *Mo[n]*
   fieur le Prince.

ANDRION ou l'enfant adulte, *Monfieur le Duc d'Anguie[n]*

PHILHIMENE ou qui ayme & deffend fon efpou[x]
   Madame la Princeffe.

HEROGENE ou la mere des Heros : feüe, *Madame*
   Princeffe Doüairiere.

TECNATINE ou enfant de Minerue armée, *Monfieur*
   Prince de Conty.

PROTERME ou premier arbitre de Paix, *Monfieur le D[uc]*
   de Longueville.

PHILIDEME ou qui ayme & qui eft aymé du peupl[e]
   Monfieur le Duc de Beaufort.

MISTARQVE ou le chef des facrés & des oints, *Monfi[eur]*
   le Coadjuteur.

MONOFTHALME ou qui n'a qu'vn œil, *Monfieur*
   Seruient.

TRASSIDVLE ou seruiteur hardy & courageux, *Monsieur*
de Guitaud.

THEMIDE ou la Iustice, *Le Parlement de Paris.*

MEGALOPLE ou grande ville, *Paris.*

SELINOPLE ou ville ou Port de Lune, *Bordeaux.*

DEMOTRACE ou nation hardie, *Guyenne.*

ARCTODEME ou peuple du Septentrion (car man en
vieux Gaulois veut dire peuple) *Normandie.*

ALLOMICE ou qui hait les estrangers, *ab insito Burgundis
in aduenas odio,* dit Paul Æmile : *la Duché de Bourgogne.*

EVPHILACHIE ou Belle Garde, *Belle Garde,*

CHORATELE ou Prouince exente de tribut, *la Franche-
Comté,*

ARCHITALASSIE ou intendance des mers, *l'Admirauté.*

POLEMARCHIE ou intendance des guerres, *la Charge de
Conestable.*

PHILACARISTE ou prison des nobles, *le Bois de Vincennes*

TOPODESMON ou lieu de detention, *Marcoussi*

CHARLIMIN ou Port de Grace, *le Havre de Grace*

DYSANGEL ou porteur de mauuaises nouuelles ; *Euangel*
ou porteur de bonnes nouuelles, *deux Gentil hommes.*

ALBION *l'Angleterre.*

PAMPHAGE ou qui mange tout, *Mazarin*

 Cette Tragi-Comedie contient toute l'*Histoire de l'Emprisonnement & de la deliurance de Messieurs les Princes & de
l'esloignement de Mazarin dans vne continuelle Allegorie.*

FIN.

A. M. D. G.

Explication du sens allegorique des Actes, & des Scenes de cette Tragi-comedie.

L'explication du premier Acte.

LA I. Scene de cet Acte expose les veritables raisons qui porterent Mazarin au dessein de l'emprisonnement de Messieurs les Princes; les causes pour lesquelles il le fit reüssir auec l'estonnement de tout le monde; les moyens dont il se seruit pour en venir à bout; & les pretensions qu'il formoit sur l'Estat en suitte de ce coup hardy,

La seconde Scene fait voir les fausses couleurs dont Mazarin se seruit pour desguiser le visage de Monsieur le Prince, & le rendre en quelque façon redoutable à sa Maiesté Regente contre les sentimens de cette incomparable Princesse, qui ne trouuoit pas seulement vne apparence capable de iustifier cette entreprise.

La troisiesme Scene contient les nouuelles des remuëmens de Normandie & de Bourgogne, qui causerent le voyage du Roy dans les deux Prouinces.

La quatriesme Scene; les sentimens qu'on auoit que Mazarin ne pourroit iamais calmer tant d'orages sans y faire nautrage, & qu'il auoit luy-mesme trouué le moyen de se perdre.

L'explication de l'Acte second.

La premiere Scene ne contient que la seule lettre de cachet enuoyée au Parlement sur le subiet de la detention de Messieurs les Princes.

La seconde scene monstre que le Parlement se trouua
par ragé dans cette conioncture.

La troisiesme scene fait voir les sentimens de la France
touchant ce silence du Parlement; & iustifie à mesme temps
cette Cour souueraine par l'impuissance qu'elle auoit pour
resister à la tyrannie de Mazarin, qui ne s'estoit pas seulement seruy d'vne Declaration du Roy, de peur que les iustes
& les genereux de cét Areopage ne s'opposassent à sa veri-
fication.

La scene quatriesme expose les sentimens des bons François qui resolurent d'entrer dans les partis pour la querelle
de Messieurs les Princes.

La cinquiesme scene deduit les raisons apparentes qu'on
auoit pour croire que messieurs de Beaufort & le Coadiuteur estoient Mazarins ; & les contraires mais veritables
pour faire voir qu'ils estoient tousiours les mesmes; qu'ils
n'auoient interrompu les poursuites de leur inimitié contre
luy, que pour resister auec plus de succez à celles de Monsieur le prince, que l'assassinat commis dans son carrosse,
& qu'on leur imputoit, auoit irrité contre la fronde.

La sixiesme scene deduit les veritables desseins que Messieurs de Beaufort & le Coadiuteur auoient de se defaire de
Mazarin.

L'explication de l'Acte troisiesme.

La premiere scene fait voir que le succez du voyage du
Roy en Bourgogne fut honteux à sa Maiesté; & que les veritables François commencerent à murmurer de voir l'authorité Royale reduite à traitter auec ses subiets.

La seconde scene descouure les veritables sentimens de

la Reyne touchant cette conionċture d'affaires.

La troifiefme fcene n'eft compofée que des feintes en-
treueuës de la fronde & de Màzarin, & des fauffes efperan-
ces que celuy-cy auoit d'interreffer les frondeurs à fon party
par les allechemens de quelque recompenfe.

La quatriefme fcene touche la fonċtion de Madame la
Princeffe, des Ducs d'Enguien, de Boüillon & de Marcillae
& les Bordelois.

La cinquiefme fcene fait voir le deffein de la fronde pour
fe feruir de l'abfence de Mazarin, afin de gagner fon Alteffe Royale.

L'explication de l'Aċte quatriefme.

La premiere fcene monftre comme les frondeurs defa-
buferent entierement S. A. R. pendant que Mazarin eftoit
en Guienne.

La feconde fcene fait voir la refolution que S. A. R.
commença de prendre pour perdre Mazarin, en fuitte des
defordres dont la France eftoit troublée par les menées de
cét eftranger.

La troifiefme fcene contient les heureufes nouuelles
qu'on entendoit tous les iours touchant la genereufe refi-
ftance des Bordelois.

La quatriefme fcene fait voir le commencement de l'v-
nion des S. A. R de la fronde & du Parlement contre Mazarin, en fuitte du fuccez de Bordeaux.

La cinquiefme fcene touche le changement des prifons
de Meffieurs les Princes, la mort de Madame la Princeffe
Douairiere, en fuite dequoy S. A. R. fut encore plus que iamais refolu à perdre Mazarin.

La cinquiefme monftre la prudence des frondeurs
à mefnager fagement cette chaleur du Duc d'Orleans.

L'explication de l'Acte cinquiefme.

La premiere fcene conuainc Mazarin qu'il n'eft perdu
que par les pourfuittes de la fronde.

La feconde fcene contient les infolens propos que Mazarin tint à fon Alteffe Royale lors qu'elle pourfuiuoit vi-
uement l'eflargiffemens de Meffieurs les Princes,

La troifiefme fcene touche le dernier & irreuocable deffein de S. A. R pour perdre Mazarin & rauoir les Princes.

La cinquiefme fcene contient les pourfuittes de S. A. R
dans le Parlement, la lettre enuoyée par Meffieurs les Princes, & l'Arreft porté contre Mazarin.

La quatriefme fcene fait voir comme Mazarin preoccu-
pa l'execution de l'Arreft en eflargiffant Meffieurs les princes, pour tafcher de renouër les affaires par cette dernier
refource ; la mefme fcene finit auec la Comedie, par la rel-
ioüiffance que cet eflargiffement caufa à toute la France.

Megafronie ou *Almere* veut dire Efpagne : Semnandre
ou *perfonnage illuftre* de Monfieur de Turenne, Polemandre ou *perfonnage belliqueux*, le Duc de Bouillon.

www.ingramcontent.com/pod-product-compliance
Lightning Source LLC
LaVergne TN
LVHW010358060726
842526LV00005B/1391